Karin Kaiser

Vampirherz

Bibliografische Information der Deutschen Nationalbibliothek:

Die Deutsche Nationalbibliothek verzeichnet diese Publikation in der Deutschen Nationalbibliografie; detaillierte bibliografische Daten sind im Internet über http://dnb.d-nb.de abrufbar.

© 2013 Karin Kaiser

Cover: Karin Kaiser

Bildquelle: Can Stock Inc. /Coka

Herstellung und Verlag:

BoD – Books on Demand, Norderstedt

ISBN 978-3-7386-4390-9

Zur Autorin:

Karin Kaiser wurde 1970 in Klausenburg/Rumänien geboren und ist in Schwäbisch Hall aufgewachsen. Schon seit sie lesen konnte, war sie von Geschichten fasziniert und las fast alles, was ihr in die Finger kam. Mit zwölf Jahren begann sie, selbst zu schreiben und träumte davon, Schriftstellerin zu werden. Heute schreibt sie Fantasy-Stories für Kinder, Jugendliche und Erwachsene, aber auch historische Romane und Geschichten über Frauen auf dem Weg zu neuem Selbstbewusstsein. Sie lebt mit Ehemann, Tochter und Sohn in Buchen im Odenwald.

Prolog

Ängstlich wich Dana zurück, bis sie schmerzhaft mit dem Rücken an die kalte Wand des Parkhauses stieß. Ihr rötlich-blondes Haar klebte mit Angstschweiß bedeckt an ihrem Kopf, und in ihren weit aufgerissenen bernsteinfarbenen Augen stand die blanke Panik. Auf dem rattenähnlichen Gesicht ihres Verfolgers lag ein siegesgewisses Lächeln, das Dana eine eiskalte Gänsehaut über den Rücken jagte. Sein Gesicht war weiß wie ein Bettlaken, seine Augen leuchteten stählern und der blutrote Ring, der um seine Iris lag, tat ihr in den Augen weh und verstärkte noch sein furchterregendes Auftreten.

„Jetzt entkommst du mir nicht mehr", sagte er mit einer unangenehm leisen, rauen Stimme, und über sein Gesicht glitt ein noch grausameres Grinsen.

„Komm mit mir." Auffordernd streckte er die Hand aus.

„Ich gehe nicht mit Fremden", antwortete Dana mit einem trotzigen Blick auf den Fremden.

„Dann muss ich dich zwingen"

Er trat jetzt noch näher heran, so nahe, dass Dana vor Grauen schauderte. Sie fühlte seinen heißen, fauligen Atem auf ihrer Wange und fühlte wie der Mut sie mehr und mehr verließ. Sie war ihm wehrlos ausgeliefert.

Auf einmal sah sie aus dem Augenwinkel etwas Silbernes auf sich zufliegen. Mit einem Aufschrei ließ sie sich fallen und kurz darauf hörte sie noch einen markerschütternden Schrei, bevor es dunkel um sie wurde.

Als Dana es wieder wagte, die Augen zu öffnen, blickte sie direkt in zwei lang gezogene Augen, die so blau leuchteten wie das Meer an seiner tiefsten Stelle. Diese Augen lagen in einem markanten, aber dennoch fein geschnittenen alabasterfarbenen Gesicht. Seine vollen, geschwungenen Lippen verzogen sich zu einem erleichterten Lächeln.

„Alles in Ordnung?", fragte er mit einer dunklen, vertrauenerweckenden Stimme und strich Dana sanft über die Wange. Ein feiner Duft nach Blüten, Leder und Rauch umfing sie, ein Duft, den sie niemals vergessen sollte. Benommen richtete Dana sich auf.

„Wer – wer bist du?", fragte sie heiser.

„Ich bin Francis."

„Du – du hast mir das Leben gerettet."

„Ist doch selbstverständlich. Komm, ich bringe dich nach Hause, Kleine."

„Ich bin schon acht!"

„Verzeihung. Da kann man natürlich nicht mehr „Kleine" sagen" lachte er und hielt ihr seine Hand hin.

Als Dana stand, waren ihre Knie immer noch erschreckend weich und sie fing an zu zittern wie Espenlaub. Ihr Körper sank gegen Francis und sie fing an, haltlos zu weinen. Seine Hand strich immer wieder tröstend über Danas Haar, bis die Schluchzer weniger wurden.

„Lass uns gehen", sagte er leise. Er legte den Arm um ihre Schultern und sie verließen das Parkhaus. Davor stand ein alter cremefarbener Mercedes, ein Taxi, auf dessen Leuchtschild nur noch das T und das X leuchteten. Francis öffnete die Beifahrertür und ließ Dana einsteigen. Dann setzte er sich hinter das Lenkrad und startete den Motor. Mit einem sanften Dieselbrummen setzte das Auto sich in Bewegung.

Obwohl dieses schreckliche Erlebnis jetzt vorüber war, spürte Dana noch immer die Angst tief in ihren Knochen sitzen. Immer wieder sah sie dieses schreckliche Gesicht vor sich, spürte diesen heißen, fauligen Atem auf ihrer Haut. Angestrengt blickte sie durch das Autofenster und konzentrierte sich auf die Neonreklamen der Clubs, an denen sie vorbeifuhren, damit sie nicht wieder weinen musste.

"Alles in Ordnung?", holte Francis besorgte Stimme sie wieder zurück in die Wirklichkeit. Erschrocken zuckte Dana zusammen und blickte auf. Wie seltsam, dass seine Augen im Dunkeln leuchteten, so blau wie die Edelsteine, deren Namen ihr gerade nicht einfielen. Genauso wie die Augen des Mannes, der sie überfallen hatte, mit dem Unterschied, dass in Francis Augen nicht diese Kälte und Grausamkeit stand, Francis Blick war warm und schien alle ihre Ängste zu verschlucken. Und der schreckliche rote Ring um seine Augen fehlte.

"Dieser Mann war so seltsam", antwortete sie nachdenklich. "Was war das für ein Mensch?"

Francis warf Dana einen schnellen Blick zu, bevor er abbog.

"Das war kein Mensch. Es war ein Strigoi."

"Was ist das?"

"Das ist ein Vampir, der andere Vampire und Wesen der Nacht aussaugt, um deren Kräfte zu erreichen."

Dana wurde blass. „Aber warum wollte er mich entführen? Ich bin doch kein Vampir."

Francis seufzte. „Das ist eine lange Geschichte, und sie ist nicht für Kinderohren bestimmt. Es wäre zu schrecklich für Dich. Am besten vergisst du dieses Erlebnis so schnell wie möglich."

Ein eindringlicher Blick traf Dana, und sofort versank sie wieder in einer leuchtenden Flut aus Blau. Sie betrachtete Francis nachdenklich.

„Deine Augen leuchten so wie die von diesem Mann. Bist du auch ein Sti-, Stri-...?"

Francis sandte ihr ein beruhigendes Lächeln zu.

„Nein, das bin ich nicht. Ich bin ein Vampir, aber ich gehöre nicht zu den Bösen."

Dana runzelte die Stirn. Hielt er sie zum Narren, weil sie ein Kind war? Sie betrachtete ihn von der Seite. Obwohl sie noch ein Kind war, konnte sie sich seiner Schönheit nicht entziehen. Sein Profil war gerade und fein, und aus seinem dunklen, zusammen gefassten Haar hatte sich eine Strähne gelöst, die ihm jungenhaft ins Gesicht fiel. Aber es lag kein verräterisches Lächeln auf seinen Lippen. Noch bevor sie den Kopf wegdrehen konnte, traf sie sein Blick. Er lächelte.

"Du glaubst mir nicht?"

Dana wurde rot und schüttelte den Kopf.

"Mama sagt, es gibt keine Vampire", antwortete sie zögernd. Ein herausfordernder Blick trat in Francis Augen. Er hielt an der nächsten roten Ampel und öffnete den Mund. Sofort schnellten ein Paar Fangzähne aus seinem Oberkiefer. Mit einem spitzen Schrei drückte Dana sich an die Beifahrertür. Francis fuhr die Fangzähne wieder ein und lächelte amüsiert.

"Nun?"

Dana schüttelte sich. "Mann, wenn ich das in der Schule erzähle..."

"...wird dir niemand glauben" vollendete Francis ihren Satz. "Behalte es besser für dich."

Viel zu schnell standen sie vor dem mehrstöckigen Gebäude im Stil der Gründerzeit, in dem Dana mit ihrer Mutter wohnte.

"Wir sind da", sagte Francis.

Mit klopfendem Herzen sah Dana hinauf in den dritten Stock, wo sie mit ihrer Mutter wohnte.

"Was ist? Willst du nicht nach Hause?"

Dana seufzte. "Mama wird bestimmt ziemlich wütend sein."

"Helena wird sich große Sorgen um dich machen", antwortete Francis.

"Woher kennst du ihren Namen?", fragte Dana misstrauisch. Francis lächelte.

"Ich kenne deine Eltern ganz gut. Auf, du musst gehen."

Dana zögerte noch, die Tür des Taxis zu öffnen. Noch einmal warf sie Francis einen Blick zu.

"Francis, glaubst du, dass mich noch einmal so ein Monster angreift?"

"Das kann schon sein", antwortete er.

„Bitte, kannst du mit hinauf kommen? Ich habe Angst." Bittend sah sie ihn an. Francis seufzte ergeben. „Wie du willst."

Er stieg aus und begleitete Dana die Treppe hinauf. Vor der Wohnungstür verkroch Dana sich ängstlich hinter Francis Rücken, sodass er klingeln musste. Die Türe öffnete sich und sie sah die roten Locken ihrer Mutter aufleuchten. Ihre grünen Augen blickten Francis erstaunt an.

"Was tust du hier?"

"Ich bringe dir deine Tochter zurück", antwortete er und zog Dana mit sanfter Gewalt hinter seinem Rücken hervor. Wie müde und traurig Helenas Gesicht aussah! Dunkle Schatten lagen unter ihren Augen und sie waren gerötet, als hätte sie geweint. „Oh, Dana, Gott sei Dank geht es dir gut. Ich habe mir solche Sorgen gemacht!", rief sie aus, zog Dana an sich und drückte sie so fest, dass diese kaum noch Luft bekam.

„Wo hast du sie gefunden?", fragte sie zu Francis ge-
wandt.

„Beim alten Parkhaus."

„Oh Dana, du hast wieder Papa gesucht, stimmt es?"

Dana löste sich von ihrer Mutter und nickte.

„Das wäre fast ins Auge gegangen", mischte Francis
sich ein.

„Mein Gott, ich bin so froh, dass du da warst. Komm
herein, Francis."

Sie machte Platz und ließ Dana und Francis herein.

„Setze dich erst einmal ins Wohnzimmer, Francis. Ich
bringe nur Dana noch ins Bett."

Francis steuerte das Wohnzimmer an, und Helena
nahm Dana an der Hand und führte sie in ihr Zimmer.
Sie half ihr beim Umziehen wie damals, als Dana noch
ganz klein gewesen war, und packte sie fürsorglich ins
Bett.

„Versuche ein wenig zu schlafen, Dany," sagte Helena
und drückte Dana einen liebevollen Kuss auf die Stirn.

„Du bist nicht böse, Mama?", fragte Dana schüchtern.

„Ich bin viel zu froh, dass dir nichts passiert ist, Dana.
Bitte tu so etwas nie wieder."

Dana traten Tränen in die Augen.

„Aber ich muss Papa finden! Ich weiß genau, dass er
irgendwo da draußen ist und uns braucht."

Helena setzte sich wieder an die Bettkante und streichelte sanft das Gesicht ihrer Tochter. Wie ähnlich sie
Daniel war! Sie hatte die gleichen dunklen Haare und

11

diese großen honigfarbenen Augen, die so warm leuch-
teten. Sie konnte nicht verhindern, dass ihr ein Seufzer
entwich. Sie vermisste ihn so sehr, dass es wehtat.
Überall hatte sie ihn schon gesucht, aber er blieb ver-
schwunden. Aber zum Glück war zumindest Francis
jetzt nach vielen Monaten endlich aufgetaucht. Sie
musste unbedingt wissen, ob er eine Spur von Daniel
gefunden hatte.

„Aber du bist noch ein Kind, Dana. Wenn du groß bist,
kannst du ihn meinetwegen so lange suchen, wie du
willst. Aber bitte lauf nicht mehr weg. Ich habe doch
nur noch dich."

Dana schluckte schwer, als sie die Tränen in den Au-
gen ihrer Mutter sah. Sie legte ihre kleine Hand auf die
ihrer Mutter. „Nein, Mama, ich laufe nicht mehr weg,
ich verspreche es dir. Aber wenn ich groß bin, werde
ich Papa finden und ihn dir wieder bringen, das ver-
spreche ich auch."

„Alles klar."

Helena lächelte und streichelte sanft Danas Wange.
„Schlaf jetzt."

Sie stand auf und wollte die Nachttischlampe ausma-
chen, aber Dana hielt sie zurück.

„Lass sie an, Mama."

„Ist gut."

„Mama?"

„Was ist?"

„Darf ich heute Nacht zu dir ins Bett, wenn ich Angst habe?"

Helena lächelte. „Aber sicher, Dana."

Sie winkte noch kurz und verließ dann den Raum. Dana war allein. Sie kuschelte sich unter ihre Decke und versuchte einzuschlafen, aber es ging nicht. Egal wie sie sich drehte, alles war unbequem. Und wenn sie die Augen schloss, sah sie wieder diese schrecklichen Augen mit dem roten Ring um die Iris vor sich. Nach einer gefühlten Ewigkeit schlug sie entschlossen die Decke zurück und beschloss, zu Mama ins Bett zu gehen. Sie tappte durch den dunklen Flur in Richtung Schlafzimmer, als sie noch Stimmen aus dem Wohnzimmer hörte. Francis war noch da. Leise schlich Dana zum Wohnzimmer und lugte hinein. Helena und Francis saßen auf der Couch; Francis hatte tröstend den Arm um Helena gelegt und strich beruhigend über ihren Rücken, der unter ihren Schluchzern bebte.

„Ich will mir gar nicht vorstellen, dass Daniel tot sein könnte. Was soll ich ohne ihn tun?"

„Er ist nicht tot, Helena, das weiß ich. Ich werde nach ihm suchen. Aber zuerst ist es wichtig, das Portal in eure Welt wieder zu schließen. Eure Welt wäre verloren, wenn die Strigoi hier eindringen würden. Und Dana braucht dich und deine Liebe. Sie wird euch vor den Strigoi schützen."

„Wahrscheinlich hast du Recht."

Helena blickte auf und sah Dana in der Tür stehen.

„Dana, wieso bist du noch wach?," fragte sie und putze sich die Nase. „Ich kann nicht schlafen. Darf ich mich zu euch setzen?" „Klar, komm her."

„Darf ich mich zu dir setzen, Francis?"

Helena hob erstaunt die Augenbrauen. Doch dann lächelte sie.

„Jetzt verdrehst du schon kleinen Mädchen den Kopf."

Er lächelte Dana aufmunternd zu.

„Komm her."

„Francis, ist das wirklich in Ordnung für dich?"

Statt einer Antwort lächelte er nur. Dana kletterte auf die Couch und ließ sich neben ihm nieder. Er legte den Arm um sie, als würde er jeden Tag kleine Mädchen trösten. Sofort umfing sie wieder ein schwerer Duft nach Blüten, nach Leder und Rauch, dieser Duft war so tröstlich, dass ihr klopfendes Herz schnell wieder einen normalen Rhythmus fand.

Dana erwachte erst wieder, als jemand sie in ihr Bett legte.

„Habe ich dich doch geweckt?", fragte Francis und strich ihr sanft eine wirre Haarsträhne hinter die Ohren.

Dana richtete sich auf.

„Willst du schon gehen?"

„Ich muss gehen. Es gibt viel Arbeit in der Schattenwelt."

„Kommst du uns wieder besuchen?"

Er lächelte.

14

„Bestimmt. Schlaf jetzt, Dana."

Seine Hand strich über ihre Wange, und er stand auf.

„Francis?"

Er drehte sich um und sah sie fragend an.

„Beschützt du uns vor diesen Strigoi?"

„Ich versuche es", antwortete er. Auf einmal fiel ihm etwas ein. Er kam zurück an Danas Bett und setzte sich wieder auf die Bettkante. Dann nahm er das große silberne Kreuz mit den geheimnisvoll leuchtenden blauen Edelsteinen von seinem Hals und legte es Dana um.

„Das ist für dich, Dana. Es wird dich beschützen, wenn ich nicht da sein kann. Bis bald, Dana."

Er beugte sich über Dana und drückte ihr einen leichten Kuss auf die Stirn. Das letzte, was sie noch mitbekam, bevor der Schlaf die Vorherrschaft übernahm, war, dass er sanft seine Hand von der ihren löste.

Kapitel 1

Ein eigentümliches Rasseln schob sich in Danas Bewusstsein. Die Traumszene verschwand und sie fand sich in ihrem Zimmer wieder. Ihr Blick fiel auf den Wecker, der unbeeindruckt weiter rasselte. Mit einem gezielten Fausthieb brachte Dana ihn zum Schweigen. Sie richtete sich auf und gähnte herzhaft. Langsam schälten sich die gewohnten Umrisse ihrer Möbel aus der Dunkelheit. Ihr Mund war staubtrocken; anscheinend hatte sie in ihrem Traum auch noch die Sahara durchquert. Sie griff neben sich auf den Nachttisch und angelte sich die Wasserflasche. Angenehm kühl lief das Wasser ihre Kehle hinunter. Dana ließ sich mit einem Seufzer wieder ins Kissen fallen und schloss die Augen. Aber einschlafen konnte sie nicht mehr. Grummelnd schälte sie sich wieder aus ihrer Bettdecke. Ein bisschen frische Luft tanken würde sie ein wenig ablenken. Sie stand auf und tastete sich im Dunkeln vor zum Fenster. Auf einmal stieß sie mit dem Knie schmerzhaft gegen die Kante ihres Schreibtisches. Verdammter Mist! Dana hatte ganz vergessen, dass sie gestern ihren Schreibtisch an dieses Fenster gestellt hatte. Er war aus weichem Kiefernholz, das sich aber trotzdem verdammt hart anfühlte. Sie tastete sich an ihrem Kleiderschrank vorbei zum anderen Fenster neben ihrem Bett. Leise zog sie den Rollo hoch und öffnete das Fenster. Das helle Tageslicht blendete Dana. Obwohl die Sonne schien, war die Luft draußen kühl und feucht. Weißer Novembernebel lag auf den Bäumen auf der anderen Straßenseite. Die Erinnerung an ihren Traum kehrte zurück und jagte Dana einen Schauer über den Rücken. Was sie gerade geträumt hatte, war wirklich passiert. Sie hatte damals wie verrückt nach ihrem Vater gesucht.

16

Wenn Francis damals nicht gewesen wäre, wäre das das Letzte gewesen, was sie in ihrem Leben getan hätte. Seit er ihr vor zehn Jahren dieses Kreuz geschenkt hatte, hatte sie ihn nicht mehr gesehen. Auch ihr Vater blieb verschwunden. Danas Erinnerung kehrte zu jenem Zeitpunkt zurück, als sie ihren Vater das letzte Mal gesehen hatte. Entgegen seiner bisherigen Gewohnheit hatte er sie damals noch spät abends in ihrem Zimmer besucht. Aus irgendeinem Grund war sie wach gewesen. Er hatte sich an ihr Bett gesetzt, ihr mit den Fingern die wirren Haare geglättet und ihr erzählt, dass er ein paar Tage fortgehen müsse. Natürlich wollte Dana ihn unbedingt begleiten, aber er hatte ihr gesagt, dass dies zu gefährlich für ein kleines Mädchen sei. Dann hatte er sie auf die Stirn geküsst.

„Egal, was passiert, ich werde dich immer lieb haben", hatte er gesagt. Dann hatte er ihre Wange gestreichelt und war aus dem Zimmer gegangen.

Mit einem Seufzen tauchte Dana wieder aus der Vergangenheit auf und spürte verwundert, dass ihre Wangen tränennass waren. Es tat noch immer weh, dass er einfach nicht mehr zurückgekommen war. Niemand wusste, was mit ihm geschehen war. Aber gerade jetzt, als ihre Mutter mit Leukämie im Krankenhaus lag, hätte sie ihn dringend gebraucht. Dana spielte zwar die Tapfere und hatte ihrer Mutter, wie schon so oft in letzter Zeit, versichert, dass sie klar kam. Die Wahrheit war aber, dass sie eigentlich gar nicht klar kam. Okay, in der Schule war sie abgelenkt, genau wie während des Kochens oder bei der Hausarbeit. Sie traf sich oft mit Vivi, ihrer besten Freundin, die mit ihren Eltern in der Wohnung gegenüber ihrer eigenen wohnte. Sie waren eine große Hilfe für Dana, aber sie wollte diese Leute nicht dauernd mit ihrer Trauer und ihrer Hilflosigkeit nerven. Und so saß sie abends oft im grünen Lieblingssessel ihrer Mutter und starrte vor sich hin. Manchmal spielte sie auch auf dem Klavier ihres Vaters, das noch immer im Wohnzimmer stand. Ihre Mutter hatte es nicht übers Herz gebracht, es zu verkaufen. Aber je öfter sie spielte, desto mehr vermisste sie ihren Vater. Vor allem seit der Diagnose im Krankenhaus. Sie seufzte und ging an ihren Schreibtisch. In der Schublade dort hütete sie die paar Schätze, die sie von ihrem Vater hatte. Den kleinen Teddybären hatte sie zu ihrem fünften Geburtstag von ihm bekommen, die silberne Kette mit dem Herz zu ihrem siebten Geburtstag, das wertvollste aber war das Foto. Es zeigte ihre Mutter und ihren Vater; er hatte Dana auf dem Schoss. Damals war sie fünf Jahre alt gewesen. Seine fein geschwungenen Lippen lächelten Dana entgegen. Das Einzige, was sie noch von ihm hatte, war dieses Foto, das zu einer Zeit gemacht wurde, als sie noch eine glückliche Familie gewesen waren. Warum konnte man nur nicht die Zeit zurückdrehen? Sie seufzte und ging ins Bad. Ein Blick in den Spiegel zeigte ein schmales, blasses Gesicht, das umrahmt wurde von dunkelbraunen Haaren, die dringend eine Wäsche nötig hatten. Ihre großen honigfarbenen Augen waren rot gerändert von den Tränen, und das rote Schlafanzugoberteil schlackerte nur so um ihren Körper. Aber seit ihre Mutter so krank war, hatte sie einfach kaum noch Appetit. Das musste sich unbedingt ändern. Wenn sie krank und klapprig war, war sie ihrer Mutter keine Hilfe. Entschlossen schaufelte sie sich eine Ladung Wasser ins Gesicht und machte sich auf den Weg in die Küche. Nach einem sehr reichhaltigen Frühstück verließ sie fast gut gelaunt die Wohnung, um ihre Mutter im Krankenhaus zu besuchen.

Mit einem leisen Surren öffneten sich die Glastüren des Krankenhauses, als Dana auf den Kontakt im Boden trat.

Sofort strömte der scharfe antiseptische Geruch von Desinfektionsmitteln in ihre Nase. Sie unterdrückte den Würgreiz, der sie an diesem Ort immer wieder überfiel und trat ein. Die feuchten Kunststoffsohlen ihrer Chucks quietschten unangenehm auf dem blank gewienerten taubenblauen Linoleum, mit dem der Eingangsbereich ausgelegt war. Die einzigen Farbtupfer in dem sauber weißen Gebäude waren die modernen Bilder an den weiß verputzten Wänden und die bunten Türrahmen. Auf ihrem Weg durch den langen Flur bis zu den Aufzügen kamen ihr weißgekleidete Schwestern und Pfleger, die Krankenbetten vor sich her schoben, ein paar ältere Leute im Bademantel und müde, abgehetzte Besucher entgegen. Als Dana schon vor dem blau gestrichenen Aufzug stand, beschloss sie, heute die Treppe hinauf zu gehen. Sie bog nach links ab und lief die Treppe hinauf, in den ersten Stock zur Krebsstation. Ein paar bleiche, abgezehrte Frauen begegneten ihr, als sie zum Zimmer ihrer Mutter ging.

Sie klopfte an die Tür und als sie keine Antwort hörte, trat sie ein. Am Bett ihrer Mutter saß eine noch recht junge, blonde Frau im Arztkittel, die bei Danas Eintreten lächelnd aufblickte.

„Hallo", sagte sie zur Begrüßung.

Ihre Rockstar-Stimme stand in krassem Gegensatz zu ihrem zarten Äußeren.

„Störe ich?"

„Aber nein. Wir sind hier fertig", antwortete die Ärztin und stand auf.

„Wir sehen uns morgen wieder, Frau Meining."

Sie nickte Dana und ihrer Mutter noch freundlich zu.

Heute lag ihre Mutter zur Abwechslung einmal nicht kraftlos im Bett, sondern hatte sich aufgesetzt. Natürlich war ihr Gesicht müde und abgezehrt, aber ihr langes rotes Haar war frisch gewaschen und fiel in weichen Locken

19

über ihre Schultern. Und sie hatte eine schicke Bluse und eine Jeans an. Ihr Haar war immer noch voll, kein einziges war ihr während der starken und kräftezehrenden Chemotherapie ausgefallen. Ihr Gesicht war totenblass und unter ihren grünen Augen lagen tiefe schwarze Ringe, aber sie strahlten, und ihre blassen Lippen lächelten.

„Hallo, Geburtstagskind!", begrüßte sie Dana und klang fast fröhlich. Vor lauter Sorgen hatte Dana glatt ihren eigenen Geburtstag vergessen. Sie setzte sich an das Bett ihrer Mutter und ließ sich liebevoll umarmen.

„Meine Güte, ich kann kaum glauben, dass mein kleines Mädchen schon 18 ist."

Helena wirkte so stolz und glücklich, dass Dana sich heftig beherrschen musste, um nicht zu weinen.

„Alles Liebe zum Geburtstag."

„Danke, Mama."

„Ich habe ein Geschenk für dich, Dana."

Erstaunt schossen Danas Augenbrauen nach oben. Ihre Mutter war doch gar nicht aus dem Krankenhaus herausgekommen. Sie lächelte, als hätte sie Danas Gedanken erraten. Aber sie sagte nichts, sie beugte sich nur in Richtung ihres Nachttisches, zog die obere Schublade aus und holte ein kleines Päckchen hervor. Dies drückte sie der erstaunten Dana in die Hand.

„Pack es aus. Ich bin so neugierig, wie es dir gefällt", forderte Helena ihre Tochter auf. Dana tat ihr den Gefallen und riss das Geschenkpapier auf. Zum Vorschein kam ein Schmuck-Schächtelchen.

„Was ist das?", fragte sie überrascht. Helena lächelte.

„Das wirst du gleich sehen."

In der kleinen Schachtel lag ein silberner Armreif, der mit kunstvollen Ornamenten verziert und mit Edelsteinen besetzt war, die in einem geheimnisvollen honigfarbenen Feuer leuchteten. Vorsichtig nahm Dana den Armreif heraus, um ihn zu betrachten. Bewundernd strich sie über

20

die seltsamen, aber schönen und kunstvollen Gravuren und die leuchtenden Steine.

„Wo hast du das her, Mama?"

„Es war Francis' Geschenk zu deiner Taufe, Dana. Er hat mich gebeten, es dir zu geben, wenn du groß genug bist. Sieh nur, die Steine haben die gleiche Farbe wie deine Augen."

Dana legte den Armreif so vorsichtig an, als könnte er jeden Moment in tausend Teile zerbrechen.

„Er ist so schön", hauchte sie beeindruckt.

„Und dass er von Francis ist, macht ihn noch wertvoller, nicht?"

Nicht mal in diesem Zustand konnte Helena es sich verkneifen, Dana aufzuziehen. Danas Wangen brannten wie Feuer und sie senkte den Blick. Die letzten paar Jahre hatte sie häufiger an ihn denken müssen, als ihr lieb war. Wo war er? Seit er sie vor zehn Jahren vor diesem Strigoi gerettet hatte, hatte sie ihn nie wieder gesehen. Die einzige Erinnerung, die sie an ihn hatte, war die Silberkette mit dem großen silbernen Kreuz, das besetzt war mit dunkelblau leuchtenden Edelsteinen. Und ihren Traum. Seit ihre Mutter krank war, träumte sie jede Nacht diesen Traum. Sie hatte sich so wohl und sicher bei Francis gefühlt, dass sie ihn jedes Mal fast schmerzlich vermisste, wenn sie erwachte.

„Da ist was dran. Danke, Mama."

Sie drückte ihrer Mutter einen liebevollen Kuss auf die Stirn.

„War Vivi schon da?"

Dana lächelte. „Ich habe heute noch gar nichts von ihr gehört. Ich glaube, die brütet noch was aus." „Schön, dass du mal wieder lächelst. Ach, Dana, es tut mir so leid, dass du in deinem Alter so viel durchmachen musst", sagte Helena leise.

Dana nahm ihre Hand. „Mama, es ist nun mal so wie es ist. Da müssen wir beide eben durch."
Sie seufzte.
„Es wäre natürlich vieles einfacher, wenn Papa da wäre."
„Da hast du Recht. Aber wir sollten heute keinen trüben Gedanken nachhängen. Komm, wir gehen in die Cafeteria, ich habe dort noch eine kleine Überraschung."
Dana half ihrer Mutter aus dem Bett und hakte sie unter.
In der Cafeteria war schon ein Tisch hergerichtet, auf dem Danas Lieblingstorte, ein Strauß mit kleinen roten Rosen und ein Piccolo standen.
„Sie haben mir heute ausnahmsweise erlaubt, ein Gläschen Sekt mit dir zu trinken", sagte Helena lächelnd, als sie sich setzten.
Es war so schön, endlich für kurze Zeit die Sorgen zu vergessen. Doch bereits nach einer halben Stunde sah Dana, dass ihre Mutter völlig erschöpft war. Aber wenigstens strahlten deren Augen wieder ein wenig. Dana seufzte. Wenigstens hatten sie eine Zeitlang einen Hauch von Normalität. Sie wollte so lange wie möglich daran festhalten und ihre Mutter anscheinend auch. Doch nach einer weiteren halben Stunde musste Dana ihre Mutter wieder nach oben bringen, damit sie sich ausruhen konnte.
„Danke für die schöne Überraschung, Mama. Wenn sie auch ziemlich anstrengend für dich war", sagte sie und blickte ihre Mutter sorgenvoll an. Helena lächelte.
„Für mich war es auch schön, mal kurz dieser verdammten Krankenhausroutine zu entfliehen. Ich hoffe, sie lassen mich bald endlich nach Hause."
Dana strich ihrer Mutter liebevoll über die Wange.
„Bestimmt, Mama. Du musst dich jetzt ausruhen. War wohl doch keine so gute Idee mit dem Sekt."
Helena seufzte schwer.
„Wir müssen langsam der Wahrheit ins Auge sehen."

Ein trockener Husten schüttelte den ausgemergelten Körper ihrer Mutter.

„Ich hätte gerne noch mehr Zeit mit dir verbracht. Aber das ist nun mal der Lauf der Welt. Mir wird wahrscheinlich nur noch ein Wunder helfen."

Tränen traten in Danas Augen

„Sag doch nicht so etwas, Mama." Ihre Mutter streichelte sanft ihre Wange und sah sie fest an. Wie grün ihre Augen leuchteten! Und es stand noch immer so viel Kraft in ihnen.

„Sei nicht verzweifelt. Robert und Anita haben mir versprochen, dass sie dich zu sich nehmen, wenn ich es doch nicht schaffe."

Dana wollte noch ein paar ermutigende Worte sagen, aber in ihrem Hirn herrschte gähnende Leere, genau wie in ihrem restlichen Körper.

„Ich will aber nicht, dass du jetzt schon abtrittst. Es muss doch noch eine Möglichkeit geben, dir zu helfen."

„Dann musst du den lieben Gott fragen, ob er noch ein Wunder übrig hat. Oder du musst deinen Vater finden."

"Aber selbst wenn ich ihn finden würde, glaubst du, er kann dir helfen?"

Helena lächelte schwach.

„Dein Vater ist kein gewöhnlicher Mensch."

Natürlich war Danas Vater kein gewöhnlicher Mensch; er schrieb außergewöhnliche Geschichten, also konnte er kein null-acht-fünfzehn Normalbürger sein. Stets hatte ein Hauch Geheimnis um ihn geweht. Das Schreiben war nicht seine Hauptarbeit gewesen, was er sonst noch machte, behielt er für sich.

„Das weiß ich, Mama."

„Irgendwann einmal war dein Vater ein Mensch, aber als ich ihn kennen lernte, war er keiner mehr."

Dana runzelte die Stirn. Normalerweise sprach ihre Mutter nicht in Rätseln.

„Aber was ist er dann?"

„Ein Vampir."

„Mama, du sollst mir keine Märchen erzählen", sagte sie und sah ihre Mutter streng an.

Doch der Blick in Helenas Augen war ernst und aufrichtig. Und sie hatte Dana noch nie angelogen.

„Das ist die Wahrheit."

Auf einmal schoss wieder die Erinnerung an diesen Traum durch Danas Kopf, in dem Francis sie vor dem unheimlichen Fremden gerettet hatte. Und dass Francis ein Vampir war, hatte er ihr deutlich gezeigt. Es schauderte Dana immer noch, als sie daran dachte, wie diese langen, weißen Zähne aus seinem Oberkiefer geschossen waren. Und wenn Francis ein Vampir war, warum sollte ihr Vater dann nicht auch einer sein? Sie erschauerte beim Gedanken daran, ein solches Wesen um Hilfe zu bitten. Aber er war nun mal ihr Vater und sie liebte ihn, egal, was er war. Zudem hätte er ihr nie im Leben etwas zuleide getan.

„Dana, bist du noch da?", riss die Stimme ihrer Mutter sie aus ihren Gedanken.

Sie zuckte zusammen.

„Ich – ich, es fällt mir ziemlich schwer, das zu glauben."

„Es ist aber so. Und du weißt, dass das, was du vor zehn Jahren erlebt hast, wirklich passiert ist."

„Ich hätte mir aber gewünscht, es wäre nicht passiert."

„Du wolltest unbedingt mitten in der Nacht nach Papa suchen. Wärst du zu Hause geblieben, hättest du das nicht miterleben müssen."

„Er hat mir aber so gefehlt", sagte Dana leise.

„Ich weiß. Mir fehlt er noch immer so sehr. Und nur er kann dafür sorgen, dass ich vielleicht noch gesund werde."

Es lag so viel Hoffnung in Helenas Stimme, dass Dana irritiert hoch sah.

24

„Aber wie kann er dir helfen? Soll er dich verwandeln?"

„Nein, aber Vampirblut wirkt heilend. Deshalb heilen die Wunden eines Vampirs auch sehr schnell."

„Mama, woher weißt du das?"

Langsam wurde Dana diese Geschichte unheimlich. Helena lächelte versonnen.

„Deine Großmutter hat es mir gesagt."

„Aber woher wusste sie so etwas?"

Helena lächelte.

„Sie war eine Hexe."

„Echt? Warum hast du mir das nie erzählt?"

Danas Großmutter Eva war schon immer eine sehr geheimnisvolle Frau gewesen mit tiefgrünen Augen und sie hatte unendlich viele Geschichten zu erzählen gehabt. Dana hatte sie sehr geliebt. Leider war sie viel zu früh gestorben; Dana war damals sechs Jahre alt gewesen. Helena seufzte.

„Ich habe es auch ziemlich spät erfahren. Und das auch nur rein zufällig. Ich wollte eines Abends mit einer Freundin weggehen und hatte noch etwas vergessen. Francis und dein Vater waren zu Besuch da und an diesem Abend habe ich erfahren, dass meine Mutter eine Hexe ist und Francis und Daniel Vampire."

„Hast du dich schon damals in Papa verliebt?"

Helena lächelte. „Sofort. Obwohl er eigentlich zu deiner Großmutter kam, um Francis mit mir zusammenzubringen."

Dana warf ihrer Mutter einen erstaunten Blick zu. „Warum das denn?"

„Weil Francis Ehefrau Martha meine Urururgroßtante war."

„Das verstehe ich nicht."

„Francis hat seine Frau unter tragischen Umständen verloren. Und ihr Tod hatte irgendetwas damit zu tun, dass er ein Vampir wurde. Wahrscheinlich hat er gehofft, dass eine Nachfahrin aus der Familie seiner Frau ihn erlösen kann und durch ihre Liebe wieder zu einem Menschen machen konnte. Das hat mir später dein Vater erzählt. Mein Gott, ich hatte so ein schlechtes Gewissen, dass ich seine Liebe nicht erwidern konnte, aber man kann sein Herz eben nicht betrügen. Und mein Herz hat von Anfang an für Daniel geschlagen."

„Und was war mit Oma? Hat Francis es auch bei ihr versucht?"

Helena lächelte.

„Bei allen Frauen aus ihrer Familie."

„Dann müsste ja jetzt ich dran sein", dachte Dana laut und wurde postwendend rot, als sie das amüsierte Lächeln auf den Lippen ihrer Mutter sah.

„Könnte sein, er mochte dich schon als kleines Kind sehr gerne." Helena seufzte. „Wenn ich nur wüsste, was mit ihm passiert ist. Hoffentlich ist er noch am Leben."

„Wo er wohl ist?"

„Wahrscheinlich im Schattenreich."

„Schattenreich?"

„Ja. Dort leben Wesen, von denen du dir nicht einmal vorstellen kannst, dass es sie gibt." „Mama, jetzt bindest du mir aber einen Bären auf" meinte Dana vorwurfsvoll.

„Dana, ich habe dich noch nie angelogen, das weißt du. Dieses Land gibt es wirklich. Daniel hat mich einmal dorthin mitgenommen. Glaub mir, das war ein wirklicher Schock für mich."

„Warum? Ist es so furchterregend?"

Helena überlegte.

„Der eigentliche Schock war, dass es diese ganzen Wesen wirklich gibt, die Elfen, die Tiermenschen, die Vampire. Hexen und Magier sind die einzigen Menschen, die sich in der Schattenwelt aufhalten dürfen. Für einen gewöhnlichen Menschen ohne Zauberkräfte wäre das viel zu gefährlich."

26

Dana erschauerte.

„Das ist so abgefahren, Mama. Glaubst du, Papa ist in der Schattenwelt?"

„Ich bin mir sogar ziemlich sicher. Dort muss irgendetwas passiert sein, weswegen er nicht mehr zurückkam."

„Ob er wohl noch lebt? Francis hatte damals erzählt, dass diese Strigoi durch ein Portal in unsere Welt vordringen würden. Wenn er doch nur hier wäre, er wüsste bestimmt, was mit Papa los ist. Oder wenn ich wüsste, wie man in diese Welt kommt, dann würde ich ihn suchen."

„Es ist aber verdammt gefährlich."

Das war natürlich ein wichtiger Punkt. Aber halt – wenn Danas Vater ein Vampir war, war sie doch auch kein gewöhnlicher Mensch!

„Mama, weißt du eigentlich, ob ich als Tochter eines Vampirs auch dessen Kräfte habe?"

„Dein Vater sagte mir einmal, dass ein Halbvampir zwar sterblich ist, aber dass seine Kräfte mit dem 18. Geburtstag erwachen. Du musst eben prüfen, ob du jetzt im Dunkeln besser sehen kannst, ob du mehr Kraft hast oder dein Steak ab jetzt lieber blutig isst."

„Ich muss unbedingt in diese Schattenwelt. Hat dir Papa nicht erzählt, wie man da hinkommt?"

„Er hat nur etwas von einem Schlüssel erwähnt, ich habe das Teil zwar gesehen, aber ich weiß nicht, wie man es benutzt und ob er es nicht mitgenommen hat, als er wieder in die Schattenwelt ging."

Sie versanken in dumpfes Brüten. Auf einmal hellte Helenas Gesicht sich wieder auf.

„In Papas Arbeitszimmer steht doch dieser alte Sekretär."

O ja, Dana kannte diesen Sekretär nur zu gut. Er war Papas Heiligtum, ihn hatte sie nie anrühren dürfen. Vielleicht weil er ein Geheimnis barg?

„Dort gibt es einige Geheimfächer. Vielleicht findest du dort eine Spur."

„Ich werde dort nachsehen."

„Aber zuerst feierst du anständig Geburtstag."

„Klar. Wenn Vivi nichts anderes ausbrütet, gehen wir in unseren Stamm-Club und machen einen drauf."

„Das bringt dich auch mal auf andere Gedanken."

„Aber ich werde nicht vergessen, nach einer Spur in diese Schattenwelt zu suchen."

Helena seufzte.

„Es wäre zu schön, deinen Vater endlich wieder zu sehen. Aber willst du das wirklich auf dich nehmen, Dana?"

Helena heftete ihren grünen Blick auf Dana. Es stand so viel Hoffnung darin, dass sie schlucken musste.

„Ich mache alles, was dir wieder Hoffnung gibt, Mama."

Nun schimmerten auch noch Tränen in den Augen ihrer Mutter.

„Danke, mein Schatz."

***

Der Laden macht nach der Renovierung ganz schön was her", sagte Vivi, als sie nach einem halbstündigen Fußmarsch vor einem düster aussehenden, großen Gebäude standen. Dana war sehr neugierig, wie es jetzt dort aussah, sie war schon lange nicht mehr aus gewesen. Als Vivi die schwere Tür öffnete, kam ihnen schon angenehm rockige Musik entgegen.

„Hört sich schon mal gut an", meinte Dana zufrieden.

„Warte erst mal, bis du rein kommst. Es sieht fantastisch aus!"

Die Treppe, die sie hinuntergingen, sah noch ganz gewöhnlich aus, aber schon im Eingangsbereich gab es einiges zu sehen. Die Wände waren in Rot und Schwarz gehalten und mit jeder Menge fantasievoller Wandbilder verziert. Der Raum drinnen war aufgebaut wie eine Burg. So musste man sich wohl Draculas Schloss vorstellen. Überall gab es Ecken und Winkel, und die Wände sahen

28

aus wie grob gemauert. In den Winkeln waren rot-schwarze Sitzgruppen versteckt. Das Eindrucksvollste war aber die große Bar auf der linken Seite: Sie war gemauert und sah aus wie eine kleine Burg in der Burg. Zwei Frauen wuselten dort herum, stellten Gläser auf und wischten die schwarz-rote Holztheke.

„Mensch, die Musik ist genial! Mir jucken schon die Füße!", rief Dana begeistert.

„Dann gehen wir doch gleich zur Bühne. Durst habe ich eh noch keinen", antwortete Vivi.

Entschlossen arbeiteten sie sich vor und ergatterten sogar einen Platz direkt vor der Bühne. Sofort bohrten sich die tiefen Klänge des Basses in Danas Magenwände.

„Der hat ziemlich flinke Finger", sagte Vivi und blickte äußerst interessiert hinauf zu dem blonden Bassisten.

„So wie du den ansiehst, hast du schon schmutzige Fantasien", meinte Dana trocken.

Dann fiel ihr Blick auf den Sänger, der auch gleichzeitig Gitarre spielte. Er hatte den Kopf gesenkt und war voll konzentriert auf sein Solo. Seine Haare fielen ihm wie glänzende schwarze Seide über die Schultern, ab und zu sah man seine Augen blau aufblitzen. Mehr erkannte Dana im Halbdunkel nicht. Er trug ein schwarzes Shirt und eine schwarze Hose und als einzigen Schmuck eine silberne Kette mit einem großen, kreuzförmigen Anhänger. Seine wohlgeformten Lippen teilten sich zu einem überaus attraktiven Lächeln, als er sah, wie die Leute abgingen. Plötzlich fing Danas Herz an, heftig zu klopfen. Irgendetwas an ihm war ihr sehr vertraut. Aber was? Sie kam einfach nicht darauf. Dann war das Lied zu Ende. Er stellte die E-Gitarre auf die Seite, zog sich einen Hocker ans Mikro heran und nahm mit einer akustischen Gitarre dort Platz. Die ersten Akkorde kündigten eine Ballade an, und als er anfing zu singen, kroch Dana eine Gänsehaut über den ganzen Körper. Seine Stimme war glasklar und so warm und tief, dass sie unwillkürlich erschauerte. Jetzt endlich blickte er auf und sein Blick fiel direkt auf Dana. Wie blau seine Augen waren. Auf einmal fiel es ihr wie Schuppen von den Augen. Es war Francis! Und er schien überhaupt nicht gealtert zu sein, seit sie ihn das letzte Mal gesehen hatte. Zuerst sah er Dana nur fragend an, sein Blick glitt über ihr Gesicht und blieb zuerst an dem großen Kreuzanhänger an ihrem Hals hängen, dann an ihrem Armband mit den honigfarbenen Steinen. Und dann trat das Erkennen in seine Augen, und seine Lippen teilten sich zu einem so attraktiven Lächeln, dass ihr Herz kurz aussetzte.

„Was ist los, Dana? Warum starrst du diesen Typen so an?", riss Vivis Stimme neben ihr sie aus ihrer Starre.

„Das – das ist Francis", konnte Dana nur stottern. Vivis blaue Augen wurden groß und rund vor Verblüffung.

„Derjenige, welcher...."

Dana nickte.

„Sieh mal, er sieht dich wieder an. Da wird heute wohl noch mehr passieren."

„Bist du verrückt, er könnte fast mein Vater sein!", gab Dana entrüstet zurück.

„So sieht er aber nicht aus. Typen seiner Art altern doch nicht."

Nach zwei weiteren Liedern kündigte Francis eine Pause an, und das Publikum fing an, sich im Club zu verteilen.

„Dana!", hörte sie eine tiefe, leicht aufgeraute Stimme neben sich.

Sie drehte den Kopf und erschrak. Francis stand so nahe neben ihr, dass sein schwerer Duft nach Lilien ihr in die Nase stieg und sie daraufhin sofort weiche Knie bekam. Aus der Nähe sah er noch viel attraktiver aus. Wie intensiv seine Augen leuchteten!

„Hallo, Francis" brachte sie nur heraus. „Lange nicht mehr gesehen."

30

Er lächelte.

„Viel zu lange. Du bist verdammt hübsch geworden", sagte er und ließ anerkennend seinen Blick über ihr Gesicht und ihren Körper gleiten.

„Wo warst du nur so lange, Francis?", wagte sie zu fragen.

„Das erzähle ich dir später. Ich brauche jetzt erst einmal was zu Trinken. Wie wäre es nach dem Konzert?"

„Kein Problem, ich feiere hier mit meiner besten Freundin."

„Ah stimmt ja, heute ist dein Geburtstag!"

Dana wurde rot vor Freude. Dass er noch wusste, wann sie Geburtstag hatte, ließ ihre Stimmung sehr ansteigen. Und bevor sie etwas sagen konnte, legte er den Arm um ihre Schulter und drückte ihr einen Kuss auf die Wange. So, als wäre er nie fort gewesen.

„Ich muss zur Band zurück."

„Wir sehen uns...", fing Dana an und sah sich suchend nach Vivi um. Sie sah sie an der Bar stehen und winken.

„...an der Bar. Alles klar." Noch ein Lächeln und dann verschwand er wieder in der Menge.

Dana bahnte sich einen Weg an die Bar. Als sie dort ankam, standen neben Vivi ein junger Mann und ein rothaariges Mädchen. Dana kannte die beiden, es waren Verena und Markus aus ihrem und Vivis Englisch-Kurs. Bevor ihre Mutter krank geworden war, hatten sie oft gemeinsam etwas unternommen.

„Hallo, Dana", begrüßte Verena sie fröhlich. „Schön, dass du endlich mal wieder was unternimmst."

Dana lächelte verlegen. Seit ihre Mutter so krank war, hatte sie ihre Kontakte sträflich vernachlässigt; und es tat verdammt gut, endlich an etwas anderes denken zu können. Und das andere, woran sie dachte, war Francis. Immer wieder fragte sie sich, warum er so lange fort gewesen war.

Es dauerte eine gefühlte Ewigkeit, bis Francis endlich an der Bar auftauchte.

„Dana, können wir woanders hingehen, damit wir uns in Ruhe unterhalten können?", bat er sie, nachdem sie bereits das dritte Mal versucht hatten, eine Unterhaltung zu beginnen, ihre Worte aber in dem Disco-Lärm untergegangen waren.

Dana nickte.

„Wir könnten zu mir nach Hause gehen."

„Einverstanden."

Sie erhoben sich von den Barhockern.

„Wir gehen jetzt, Vivi."

Vivi warf ihr einen erstaunten Blick zu.

„Mann, du gehst aber ran. Willst du dir nicht noch ein wenig Zeit lassen?"

Dana wurde rot, versuchte aber, cool zu bleiben.

„Ich habe nicht vor, mich aufs Kreuz legen zu lassen. Aber du solltest eher aufpassen, so wie du mit deinem netten Bassisten geflirtet hast."

Jetzt war die Reihe an Vivi, rot zu werden. Sie warf ihr langes, blondes Haar zurück und streckte Dana die Zunge heraus.

Als Dana und Francis aus dem Lokal traten, kam ihnen ein Schwall eiskalte Novemberluft entgegen. Die Regenwolken hatten sich fast alle verzogen, nur noch einzelne Wolkenfetzen glitten über den mondhellen Nachthimmel und gaben ein paar Sterne frei. Auf der anderen Straßenseite stand das Taxi. Es war immer noch der alte cremefarbene Mercedes. Dana nahm auf dem mit Lammfell-Imitat überzogenen Beifahrersitz Platz und das Taxi setzte sich in Bewegung.

„Du weißt ja, wie man zu unserer Wohnung kommt."

Francis lächelte.

„Ich denke, ich werde mich nicht verfahren."

Er schaltete von Radio auf CD um, und sofort erklang aus dem Lautsprecher der satte rockige Sound von „Muse", Danas derzeitiger Lieblingsband. Sie sprachen nicht während der Fahrt, aber Dana ertappte sich immer wieder dabei, wie sie Francis von der Seite ansah.

„Stimmt etwas nicht mit mir?", fragte er amüsiert. Sofort fingen Danas Wangen an zu brennen.

„N-nein, es ist alles in Ordnung. Ich habe mich nur gefragt, wie du es geschafft hast, immer noch so auszusehen wie vor zehn Jahren."

Er warf ihr einen schrägen Blick zu.

„Du weißt doch, dass Vampire nicht altern."

„Aber wieso ist dann mein Vater gealtert?"

„Er hat seinen Tagesrhythmus umgestellt. Wenn ein Vampir dem Tageslicht in der Menschenwelt ausgesetzt ist, altert er auch. Solange, bis er seinen Tagesrhythmus wieder ändert. So, wir sind da." Danas Herz klopfte bis zum Hals, als sie neben Francis die Treppe zur ihrer Wohnung hinauf ging.

„Es hat sich gar nichts verändert, seit ich das letzte Mal hier war", sagte Francis, als sie die Wohnung betraten.

„Wahrscheinlich nur das Kinderzimmer."

Dana lächelte.

„Ja, die Pferdeposter gibt es dort nicht mehr. Komm ins Wohnzimmer."

„Schläft Helena schon? Oder ist sie unterwegs?", fragte Francis, nach dem sie auf dem Zweisitzer Platz genommen hatten.

„Nein, Francis", erwiderte Dana müde. „Sie ist im Krankenhaus."

Erstaunt sah Francis sie an.

„Was hat sie?"

Dana musste tief Luft holen, bis sie antworten konnte.

„Sie – sie hat Leukämie", sagte sie leise.

Tränen brannten in ihren Augen, und als sie aufsah und den entsetzten Blick in seinen Augen wahrnahm, öffneten sich alle Schleusen. Sie sank in sich zusammen und ließ den Tränen freien Lauf. Auf einmal spürte sie seine Hand leicht über ihren Rücken streichen. Sie ließ es zu, dass er sie an sich zog. Wieder umhüllte sie sein Lilienduft, und er war so tröstlich, dass sie sich langsam beruhigte.

„Du musst ganz alleine hier fertig werden?", fragte er rau.
Dana schüttelte den Kopf.

„Vivi und ihre Eltern helfen mir, wo sie können. Sie haben mir versprochen, mich zu sich zu nehmen, wenn – wenn sie stirbt."

„Ist es so schlimm?"
Dana sah auf und wischte fahrig die Tränen aus ihren Augen.

„Ja, das ist es. Gerade jetzt fehlt Papa mir ganz besonders. Er könnte ihr helfen. Mama sagte mir, Vampirblut sei heilend."

Auf einmal kam ihr ein verrückter Gedanke.

„Aber du bist doch ein Vampir."

Er lächelte. „Immer noch."

„Könntest du ihr dann nicht helfen?"

Ein Seufzen war die Antwort.

„Glaub mir, ich würde ihr mit Freuden mein Blut spenden, aber sie braucht Daniels Blut. Nicht umsonst heißt es, dass das Blut der Lebenssaft ist, und nicht umsonst ist die Farbe der Liebe rot wie Blut. Im Blut steckt auch ein gewisser Teil der Seele und damit auch der Liebe, die man für einen Menschen empfindet. Mit seinem Blut wird auch seine Liebe zu ihr übergehen. Und dann wirkt es für sie heilend."

Auf einmal kam Dana sich reichlich unverschämt vor, dass sie von Francis so etwas erwartet hatte und dass sie einen solchen Schwall Selbstmitleid über ihn ergossen hatte.

„O-okay. Tut mir leid, dass dich mit meinem Selbstmit-leid belästige."

„Das tust du nicht, Dana.

„Warum hast du dich nur so lange nicht blicken lassen, Francis?"

Er seufzte und ließ Dana los.

„Es ist keine schöne Geschichte, und ich weiß nicht, ob das die richtige Ablenkung von deinen Sorgen ist."

„Ist mir egal. Erzähl es mir trotzdem."

„Also gut. Nachdem ich dich damals zuhause abgeliefert hatte, bin ich zurück in die Schattenwelt gereist. Dort gab es üble Kämpfe mit den Strigoi, aber wir konnten sie in ihr Reich zurückdrängen. Und ich habe deinen Vater gesucht wie verrückt, aber er blieb verschwunden. Ich ließ mich in die Burg der Strigoi-Fürstin Erzebet ein-schleusen, um dort auszuspionieren, ob Daniel vielleicht gefangen gehalten wurde – aber ich bin aufgeflogen und in ihrem Kerker gelandet."

„Aber wie konntest du dort überleben?"

„Es gibt viele Ratten im Kerker der Fürstin", antwortete er trocken. Dana erschauerte.

„Grässlich."

„Ich habe lieber das Blut der Ratten getrunken, als sie an meinen Hals zu lassen."

„Aber wie konntest du fliehen?"

„Tja, hier ist dein Vater wieder ins Spiel gekommen. Er hat mich befreit."

„Aber ich verstehe nicht...wieso ist er nicht mit dir ge-kommen?"

Francis warf Dana einen zweifelnden Blick zu.

„Willst du das wirklich wissen?"

Danas Herz begann, wie wild zu klopfen, aber sie musste wissen, was mit ihrem Vater war.

„Bitte erzähle es mir."

„Sie – sie hat auch ihn zu einem Strigoi gemacht."

35

Ein entsetzter Aufschrei entfuhr Dana.

„Aber wie konnte das passieren? Ich war mir sicher, dass er sich geweigert hätte."

Francis seufzte.

„Sie drohte ihm, Helena und dich zu töten, wenn er nicht zur Kooperation bereit wäre."

„Oh mein Gott. Dann war dieser Strigoi damals ein Auftragsmörder", hauchte Dana.

Es wurde ihr angst und bange, als sie an die schrecklichen Augen dieses Mannes dachte. Und jetzt sollte ihr Vater auch ein solch schreckliches Wesen sein? Sie konnte es kaum fassen.

Francis nickte langsam.

„Ich hatte gerade mit meinem Partner Wache am Hauptportal. Ich habe nur kurz meinen Posten verlassen und als ich zurückkam, war mein Kollege tot und das Portal offen. Ich habe sofort die Verfolgung des Täters aufgenommen."

„Was eindeutig mein Glück war. Meine Güte, ich will mir gar nicht ausmalen, was er mit mir gemacht hätte, wenn du nicht gewesen wärst. Aber wenn Papa ein Strigoi geworden ist, wieso hat er dich dann befreit?"

„Du musst wissen, dass ein Vampir nicht sofort zum Strigoi wird, wenn er gebissen wird. Der Gebissene muss auch vom Strigoi trinken, damit er zum Strigoi werden kann. Aber weil Erzebet sehr lange mit einem Holzpfahl im Herzen in ihrer Gruft lag und dadurch geschwächt wurde, kann ihr Blut niemanden dauerhaft zum Strigoi machen. Das heißt, ihre Strigoi müssen einmal im Monat von ihrem Blut trinken. Sonst entwickeln sich die Gebissenen wieder zurück zu Vampiren oder was immer sie zuvor waren. Und dein Vater kam eben in diesen Zustand, als er zur Wache im Kerker eingeteilt wurde. Er kam ins Verlies, um zu überprüfen, welche Gefangenen noch lebten. Dort fand er mich. Er überwältigte seinen

36

Wachpartner, ich nahm dessen Rolle ein und konnte fliehen. Das war vor zwei Jahren. Ich sah zu, dass ich im Untergrund verschwand. Vor kurzem erfuhr ich dann von einem gefangenen Strigoi, dass Daniel mit einem Holzpfahl im Herzen des Elysion liegt."

„Elysion?"

„Das ist der Ort, in den die gepfählten Vampire gebracht werden, bis jemand den Pflock herausziehen kann."

„Warum konnte Erzebet das nicht?"

Francis seufzte und Dana spürte, wie schwer es ihm fiel, darüber zu sprechen.

„Er hat sich selbst einen Pflock in die Brust gestoßen."„Oh, mein Gott, das ist ja übel. Aber warum hat er so etwas getan? Kann man diese Erzebet nicht bezwingen?"

„Es war wohl die einzige Möglichkeit, ihrem Einfluss zu entkommen. Sonst hätte sie ihre Beute niemals hergegeben. Tja, und nach dem Konzert wollte ich eigentlich Helena besuchen und um ihre Hilfe bitten. Aber das kann ich jetzt wohl vergessen."

„Aber wie sollte sie ihm helfen können?"

„Wenn ein Vampir sich selbst pfählt, dann kann nur die Person den Pflock herausziehen, an die er zuletzt gedacht hat."

„Und du meinst, das war Mama?"

„Er hat Helena über alles geliebt. Ich bin mir sicher, dass er an sie gedacht hat."

Auf einmal kam Dana ein Gedanke. „Und wenn doch ich es war?"

Er warf Dana einen langen Blick zu.

„Ich kann es mir nicht vorstellen. Obwohl er dich auch sehr geliebt hat. Aber er konnte seine Gedanken gut steuern."

Francis seufzte schwer.

„Ich habe all meine Hoffnungen auf Helena gesetzt. Aber das ist ja jetzt hinfällig."

Das war ein empfindlicher Schlag in die Magengrube für Dana.

„Gibt es denn keine andere Möglichkeit?"

„Ich bin noch auf der Suche, aber es sieht schlecht aus. Aber was deine Mutter angeht, will ich sehen, ob es noch eine Möglichkeit gibt, ihr zu helfen. Schließlich gibt es in unserer Welt genügend gute Heiler."

„Das würdest du für mich tun?"

Francis lächelte, streckte die Hand aus und strich mit den Fingerspitzen so leicht über Danas Wange, dass sie sich beherrschen musste, um nicht wohlig auf zu seufzen.

„Ist doch selbstverständlich. Und ich tue es nicht nur für dich, auch für Helena."

Er stand auf.

„Ich muss gehen. Wir haben morgen noch einen Auftritt und dann fängt meine Arbeitsschicht am Hauptportal wieder an."

„Ich hoffe aber, dass ich dich nicht erst in zehn Jahren wieder zu Gesicht bekomme."

Francis lächelte. „Du wirst mich öfter sehen, als dir lieb ist. Und wenn ich morgen noch kurz Zeit habe, werde ich deine Mutter im Krankenhaus besuchen."

Dana lächelte. „Sie wird sich bestimmt freuen, dich wieder zu sehen."

***

„Francis war gestern hier", war das erste, das Helena zu Dana sagte, als diese sie montags im Krankenhaus besuchte. Dana lächelte.

„Hat er es doch geschafft."

„Das war eine schöne Überraschung."

Dana glaubte dies aufs Wort, als sie in Helenas strahlende Augen sah. Aber der Rest gefiel ihr gar nicht. Helena war noch blasser als in den Wochen zuvor, und man konnte sehen, wie ihr die Kräfte schwanden. Dana musste sich sehr beherrschen, nicht in Tränen auszubrechen, als sie sah, wie schwach ihre Mutter war. Warum zum Teufel konnte sie nicht in diese Schattenwelt reisen und einfach versuchen, ihrem Vater den Pflock aus der Brust zu ziehen und ihn zu ihrer Mutter zu bringen? Sie musste es einfach versuchen.

„Dana, du bist so nachdenklich." „Ach, Mama, ich würde am liebsten in diese Schattenwelt gehen und Papa holen. Ich bin sicher, dass er dort ist."

„Dana, du musst mich nicht schonen. Francis hat mir die Wahrheit erzählt. Ich werde wohl doch auf ein Wunder warten müssen."

„Sag doch nicht so etwas Mama. Du wirst wieder gesund, das weiß ich."

Helena streckte die Hand aus und streichelte sanft Danas Gesicht.

„Dann muss es doch klappen."

„Mama, ich gehe jetzt. Ich will dich nicht noch mehr ermüden. Bis morgen."

Im Korridor stieß Dana mit der jungen blonden Ärztin zusammen, die ein paar Tage zuvor ihre Mutter versorgt hatte.

„Gut, dass ich Sie jetzt treffe. Kommen Sie doch bitte noch kurz in mein Büro."

Danas Herz fing an, heftig zu klopfen. Hatte die Ärztin schlechte Nachrichten? Sie betraten das Ärztezimmer und die junge Frau nahm hinter ihrem Schreibtisch Platz. Zögernd setzte Dana sich auf den Stuhl gegenüber.

„Ich hoffe, Sie haben keine Hiobsbotschaft für mich. Mit so etwas komme ich momentan nicht besonders gut klar", sagte Dana mit belegter Stimme. Die Ärztin seufzte.

Plötzlich sah Dana die dunklen Ringe unter deren blauen Augen und die Müdigkeit in ihrem Gesicht. Die Ärztin strich sich eine vorwitzige Haarsträhne hinter die Ohren, die ihrem strengen blonden Zopf entwischt war. Nervös spielten ihre schmalen Hände mit ihrem Kugelschreiber.

„Ich wünschte, ich hätte bessere Nachrichten für Sie. Aber die letzte Knochenmarksspende hat bei ihrer Mutter nicht angeschlagen. Haben Sie noch jemanden in Ihrem Bekanntenkreis, der bereit wäre, Knochenmark zu spenden?"

Schon das zweite Mal hatte das Knochenmark nicht angeschlagen. Das war wie ein Schlag in die Magengrube. Traurig schüttelte Dana den Kopf.

„Ich kenne wirklich keinen mehr, der helfen kann", antwortete sie leise und blickte angestrengt auf den blauen Linoleum-Boden.

Ein weiteres Seufzen entfuhr der Ärztin.

„Wir werden trotzdem schauen, was wir tun können. Aber wenn wir nicht bald einen weiteren Spender finden, habe ich nicht mehr viel Hoffnung."

„Wie viel Zeit geben Sie ihr noch?", fragte Dana bange.

Die Ärztin runzelte die Stirn.

„Drei-vier Monate."

„O-Okay."

Dana musste heftig schlucken. Dann sprang sie hektisch auf.

„Ich – ich muss jetzt gehen. Ich muss das erst verdauen."

„Ist schon in Ordnung."

Wie vor den Kopf geschlagen trottete Dana aus dem Krankenhaus. Als sie hinaustrat, traf sie die Novemberkälte mit voller Wucht. Es schien zwar eine bleiche Herbstsonne, aber sie hatte nicht die Kraft zu wärmen und den Nebel, der um die Bäume der Allee waberte, zu vertreiben. Tränen wollten Dana in die Augen treten, als sie an die Prognose der Ärztin dachte. Drei oder vier

40

Monate, das war nicht viel Zeit, eine Möglichkeit zu finden, ihren Vater ohne die Hilfe ihrer Mutter von diesem elenden Pflock zu befreien. Sie war so in Gedanken versunken, dass sie die Zeit vergaß. Irgendwann blickte sie zufällig auf und stellte erstaunt fest, dass sie schon fast zu Hause war. Sollte sie bei Vivi vorbeischauen? Nein, ging ja gar nicht. Vivi hatte ein Rendezvous mit ihrem blonden Bassisten, und Anita und Robert, Vivis Eltern, arbeiteten noch. Als sie die Wohnungstür öffnete, kam ihr eine bullige Wärme entgegen. Verdammt, sie hatte vergessen, die Heizung herunter zu schalten. Nachdem sie sämtliche Heizkörper umgestellt hatte, beschloss sie, sich ein wenig hinzulegen. Hunger hatte sie sowieso keinen und es würde bestimmt gut tun, einfach ein wenig abzuschalten.

Mutlos ließ sie sich auf ihr frisch gemachtes Bett sinken und starrte auf die hohe, mit Stuck verzierte Decke. Sie wollte nicht, dass ihre Mutter einfach so starb. Sie musste etwas tun. Aber was? Sie richtete sich auf und nahm das Foto ihres Vaters in die Hand, das noch auf dem Nachttisch lag.

„Oh, Papa, wenn du mir doch nur sagen könntest, wie ich zu dir komme. Ich muss doch wenigstens versuchen, diesen schrecklichen Pflock heraus zu ziehen. Mama braucht dich so sehr. Und ich auch."

Sie legte das Bild wieder auf ihren Nachttisch und spürte schon die Tränen in ihre Augen schießen. Sie liefen so lange unermüdlich ihre Wangen hinunter, bis ihre Augenlider sich vor Müdigkeit flatternd schlossen.

Leise knarzend öffnete sich die Tür. Erschrocken fuhr Dana hoch. Im Türrahmen stand ein Mann. Er war mittelgroß und schlank, sein Gesicht war blass wie der Mond draußen, aber seine Augen leuchteten in einem warmen Honigton. Dunkles Haar fiel ihm bis auf die Schultern. Es war Danas Vater. Er kam zum Bett und setzte sich auf die Bettkante, ohne einen einzigen Ton zu sagen. Er lächelte nur, und Dana fühlte den Hauch einer Berührung auf ihrer Wange. Träumte sie?

„Papa, bist du wirklich hier?", fragte sie erstaunt.

Er lächelte. „Meine Gedanken sind hier und mein Traumbild. Komm, Dana, ich will dir etwas zeigen."

Verwirrt schloss sie die Augen, und als sie sie wieder öffnete, war er verschwunden. Dana sprang aus dem Bett und lief durch die Wohnung, aber sie fand ihren Vater nicht. Stattdessen sah sie ein seltsames Leuchten, das aus seinem Arbeitszimmer drang. Ängstlich, aber auch neugierig trat sie ein. Vor dem Sekretär saß jemand im Bürostuhl. Ihr Vater.

„Was tust du hier?", fragte Dana heiser.

„Ich habe deine Verzweiflung gefühlt, Dana."

Dana konnte nur nicken.

„Ich brauche deine Hilfe, Papa. Sonst stirbt Mama."

„Dana, damit ich das tun kann, musst du in die Schattenwelt kommen. Nur du kannst diesen Pflock entfernen, denn du warst der Mensch, an den ich zuletzt gedacht habe."

„Ich?"

Er seufzte.

„Ich wollte es nicht, aber es ist nun einmal passiert. Komm Dana, hilf mir. Ich vermisse dich und deine Mutter."

„Aber wie, Papa?"

„Zieh die erste Schublade aus dem Sekretär heraus. Dahinter ist ein Geheimfach. Dort ist der Schlüssel in die Schattenwelt."

Er sagte noch etwas, aber Dana konnte es nicht hören. Und dann verschwand er plötzlich.

„Warte!", rief sie ihm verzweifelt zu und sprang auf, um ihn zu suchen.

42

Auf einmal hörte Dana einen lauten Knall und fand sich auf dem Teppich neben ihrem Bett wieder. Sie musste eingeschlafen und während dieses abgefahrenen Traums vom Bett gefallen sein. Sie stand auf und rieb sich den schmerzenden Rücken. Was sollte dieser seltsame Traum von ihrem Vater nur bedeuten? Auf einmal fiel ihr sein Hinweis auf den Sekretär in seinem Arbeitszimmer ein. Sie musste unbedingt herausfinden, ob es dort wirklich ein Geheimfach gab. Dana holte tief Luft und ging über das knarzende helle Parkett ans Ende des Flures. Vor der Tür zögerte sie kurz; Mama und sie hatten dieses Zimmer nur noch selten betreten, weil dort einfach alles an ihren Vater erinnerte. Eigentlich gingen sie nur ab und zu hinein, um dort sauber zu machen. Aber sie musste unbedingt wissen, ob es diesen seltsamen Schlüssel wirklich gab. Sie öffnete vorsichtig die Tür des Zimmers und schaltete den Lichtschalter ein. Dana ging zu dem großen alten Sekretär, der der ganze Stolz ihres Vaters gewesen war. Sie zog die Schublade bis zum Anschlag hinaus, wackelte noch ein wenig daran herum, bis sie deren Bestandteile in den Händen hielt. Es begann, dunkel zu werden und sie konnte hinten im Sekretär nichts erkennen. Sie sprang auf und schaltete das Licht ein, aber sie sah noch immer nichts. Suchend sah sie sich im Raum um und entdeckte auf dem Bücherregal eine Taschenlampe. Sie schnappte sie sich und leuchtete in den Sekretär. Hinten konnte sie eine Tür entdecken, die dort eingelassen war. Vor Aufregung hätte Dana die Taschenlampe beinahe fallen lassen. Ihr Herz fing auf einmal laut an zu klopfen. Hier musste das Geheimnis stecken, das sie suchte! Sie zog noch die zweite Schublade heraus, um besser an die Tür heran zu kommen. Es kostete sie einige Mühe und ein paar Fingernägel, bis sich die widerstrebende Tür öffnete. Das Fach war erstaunlich tief. Dana griff hinein und bekam eine Schmuckschachtel in die

Hände. Hochinteressant. Sie nahm sie an sich. Vorsichtshalber leuchtete sie noch einmal in das Fach hinein und fand noch einen Bogen Papier darin. Dana ging mit ihren Schätzen ins Wohnzimmer. Sie öffnete die Schmuckschachtel und fand dort einen großen, schlüsselförmigen Anhänger aus Silber, der mit grün leuchtenden Smaragden besetzt war. Aber wie musste sie ihn benutzen? Sie legte ihn wieder in die Schachtel zurück und nahm das Blatt Papier in die Hand. Es war ein Brief von ihrem Vater.

„Liebe Helena,

hier habe ich den Schlüssel in die Schattenwelt versteckt. Sollte ich es aus irgendeinem Grund nicht können, dann zeige du Dana diese Welt, wenn sie groß genug ist. Sie gehört zur Hälfte dorthin und es wäre schön, wenn sie sie einmal kennen lernen würde. Ich habe dort viele Freunde, wie du weißt, und du musst nur meinen Namen erwähnen und sie werden auch eure Freunde sein. Danas Kräfte werden zu ihrem 18. Geburtstag erwachen und es wäre gut, wenn sie bis dahin dort eine Vertrauensperson hat, die sie lehrt, mit diesen außergewöhnlichen Fähigkeiten umzugehen. Ich habe mit Francis gesprochen; er würde gerne diese Rolle übernehmen, irgendwie hat er einen Narren an Dana gefressen. Darüber bin ich sehr froh, denn Francis ist ein sehr guter Freund. Er ist fast wie mein Bruder und wird Euch gerne helfen, Euch in dieser Welt zurecht zu finden. Man muss nur leicht mit den Händen über die Smaragde streichen und an die Person denken, die man dort besuchen wollt – dann trägt euch der Schlüssel in meine Welt.

Daniel.“

Wie vorausschauend ihr Vater war! Er hatte sogar eine Gebrauchsanweisung hinterlassen, wie sie in die Schattenwelt kam. Einerseits war Dana neugierig auf diese fremde Welt, aber andererseits fraß sich Angst in ihr Herz. Was gab es dort für Wesen? Wäre sie ihnen gewachsen? Wie sah es jetzt überhaupt dort aus nach den heftigen Kämpfen mit den Strigoi? Entschlossen wischte sie ihre Ängste weg. Sie musste sich nur an Francis wenden. Er würde ihr mit Sicherheit helfen.

Das Klingeln an der Wohnungstür riss Dana aus ihren Gedanken. Wie spät war es? Ein Blick auf die Uhr zeigte ihr, dass es schon fast sechs Uhr war. Sie sprang von der Couch auf und ging an die Tür.

„Hallo Vivi", begrüßte Dana ihre beste Freundin herzlich. „Dein Date war aber nicht besonders lang."

Vivi kam herein und rollte entnervt die Augen gen Decke.

„Simon ist heute Abend wieder musikmäßig unterwegs und muss noch proben."

„Aber Francis ist doch gar nicht in der Gegend."

„Dummerchen. Simon ist nicht dauerhaft in Francis Band; meistens hilft er nur aus. Heute ist er mit seiner eigenen Band unterwegs."

„Okay, okay, ist ja schon gut."

„Und was ist mit dir?"

Vivi sah Dana scharf an.

„Du siehst ein wenig verwirrt aus."

Dana seufzte. „Das bin ich auch. Komm mal mit, ich will dir etwas zeigen."

Dana erzählte Vivi von der niederschmetternden Diagnose der Ärztin im Krankenhaus und ihrem seltsamen Traum. Dann zeigte sie Vivi ihren Fund.

„Mann, das ist wirklich voll krass. Dass es so etwas gibt. Ich hätte nie gedacht, dass ein Halbvampir einmal zu meinem Bekanntenkreis gehören könnte."

Dana lächelte. „Du solltest also in Zukunft aufpassen, was du sagst."

Vivi grinste frech zurück.

„Du kannst mir keine Angst machen."

Dana nahm den Anhänger wieder in die Hand und betrachtete ihn nachdenklich. Vorsichtig fuhr sie mit den Fingern über die geheimnisvoll glänzenden Smaragde. Auf einmal verschwammen die Möbel in der Wohnung vor ihren Augen und sie sah eine dunkle Straße, die von ein paar Bäumen umsäumt war. Erschrocken ließ sie den Anhänger fallen, und die Wohnung tauchte wieder vor ihr auf. Der Anhänger lag auf dem Teppich und strahlte noch immer sein grünes Licht ab, geheimnisvoll, aber auch aufmunternd.

„Mensch, Dana, was passiert hier? Du warst einfach weg", rief Vivi erschrocken.

Aber auch Dana hatte einen heftigen Schreck bekommen.

„Ich – ich habe nur die Edelsteine angefasst", stotterte sie verwirrt.

„Was wirst du jetzt machen?"

„Ich muss unbedingt in diese Schattenwelt und Francis finden. Ich muss Papa befreien, sonst hat Mama keine Chance."

Dana sah Vivi fest an.

„Vivi, könnt ihr euch bitte ein paar Tage um Mama kümmern?"

Vivi legte den Arm um Danas Schultern und drückte sie liebevoll an sich.

„Aber sicher. Und was soll ich ihr erzählen?"

„Ich werde Mama selber informieren. Aber für deine Eltern musst du dir eine Geschichte ausdenken."

„Ich werde ihnen einfach sagen, dass du eine Spur von deinem Vater hast und diese jetzt in den Herbstferien verfolgen willst. Diese Schattenwelt-Geschichte werden sie sowieso nicht glauben."

„Danke, Vivi. Du bist die Beste."

„Ist schon gut. Kommst du mit rüber zum Essen?"

Dana schüttelte den Kopf. „Nein. Ich muss unbedingt sofort gehen, wenn ich Mama angerufen habe."

„Okay. Mach es gut, Dana, und bitte pass auf dich auf!"

Denselben Satz hörte Dana auch kurz darauf von ihrer Mutter.

„Oh, Dana, du weißt gar nicht, wie viel Hoffnung mir das gibt, dass du es wenigstens versuchen willst. Aber ich habe gleichzeitig auch Angst um dich", setzte sie hinzu.

„Ich lasse mich einfach in Francis Nähe teleportieren. Nur er weiß, wo dieses Elysion ist, und ihm vertraue ich."

„Dann kann ich dir nur viel Glück wünschen, Dana."

„Wird schon schiefgehen, Mama. Aber bitte halte durch; ich weiß nicht, wie lange ich brauchen werde."

„Ich habe nicht vor, abzutreten, bevor ich deinen Vater wieder gesehen habe."

„Das will ich schwer hoffen. Bis bald und drück mir die Daumen."

„Alle, die ich habe, mein Kind."

„Vivi und ihre Eltern kümmern sich um dich, während ich weg bin."

Als Dana aufgelegt hatte, packten sie Zweifel. Sollte sie wirklich gehen? Ihr Blick fiel auf den Anhänger, der auf dem Teppich lag und immer noch sein tiefgrünes Licht abstrahlte. Sie musste es einfach versuchen, sonst würde sie sich ewig Vorwürfe machen. Entschlossen sprang Dana auf und lief in den Flur. Schnell schlüpfte sie in die Winterjacke und wollte schon ins Wohnzimmer abbiegen, als sie sich kurz besann. Sie lief in ihr Zimmer, holte das Foto vom Nachttisch und die Kinder-Halskette mit dem Herz aus der Schublade und steckte beides in eine der Innentaschen ihrer Jeansjacke, damit ihr Vater sie auf jeden Fall erkannte. Dann ging Dana ins Wohnzimmer und hob den Schlüsselanhänger auf. Danas Herz schlug heftig gegen ihre Rippen, als sie den Anhänger in die Hand nahm. Mit einer sanften, kreisenden Bewegung fuhr sie über die in sämtlichen Grüntönen schillernden Smaragde. Wieder schien sich die Wohnung aufzulösen, und die dunkle Straße erschien wieder vor ihren Augen. Auf einmal fing alles an, sich zu drehen, Dana schien den Boden unter den Füßen zu verlieren. Nachdem sie eine gefühlte Ewigkeit ins Dunkel gefallen war, fand sie sich auf festem Boden wieder. Es war ein ganz gewöhnlicher Gehsteig, auf dem sie stand. Die Nacht war kalt, und weiße Nebelschwaden schlichen um die Bäume neben der Straße. Der Mond spiegelte sich in einer großen Pfütze, der Asphalt glänzte schwarz vor Feuchtigkeit. Das Mondlicht war die einzige Lichtquelle, die die Bäume und die Straße silbern beleuchtete. Nervös blickte Dana sich um. Wohin sollte sie gehen? Auf einmal erkannte sie vor sich die diffusen Lichter einer Stadt. Schnell ging sie darauf zu. Dieser einsame Weg hier im Dunkeln, neben der Straße war ihr unheimlich. Sie fühlte sich unbehaglich und beobachtet. Immer wieder hörte sie aus dem Gesträuch ein heftiges Schnaufen und schwere Schritte. Ihre eigenen Schritte wurden immer schneller, und auch ihr Herzschlag beschleunigte sich. Ängstlich drehte sie sich um und erstarrte. Im silbernen Mondlicht sah sie eine riesige Gestalt vor sich stehen. Es war ein Wolf, der gierig die langen dolchartigen Reißzähne fletschte. Seine Augen waren schmal und gelblich, und er stand aufrecht vor ihr. Als er sich näherte, kam Leben in Dana. Voller Panik schreiend rannte sie los, ohne darauf zu achten, wohin sie lief. Schon setzte der Wolf zum Sprung an. Was für riesige, bedrohliche Zähne er hatte! Und er riss sie mit Leichtigkeit um. Sie spürte einen heftigen Schmerz an der Schulter. Sollte das wirklich schon das

48

Ende sein? Alles verschwamm vor ihren Augen, und das einzige, was Dana noch mitbekam, war ein schreckliches Pfeifen dicht an ihrem Ohr, bevor sie das Bewusstsein verlor. Als Dana wieder zu sich kam, blickte sie direkt in zwei langgezogene, meerblaue Augen, die sie mit einer Mischung aus Besorgnis und Ärger ansahen. Francis! Ausgerechnet er hatte sie gerettet. So würde sie ihn wenigstens nicht mehr lange suchen müssen. Als sie den Kopf drehte, sah sie den riesigen Wolf reglos neben sich liegen. Mühsam richtete sie sich auf. Ihre Stirn brannte, ihre rechte Schulter schmerzte höllisch und ihre Knie fühlten sich ziemlich aufgeschürft an.

„Was – was war das?" Ihre Stimme zitterte noch immer so stark, dass sie nur mit Mühe sprechen konnte.

„Das war ein Werwolf. War nicht gerade der beste Augenblick, in die Schattenwelt zu kommen, Dana", antwortete er.

Er steckte seine Pistole ein und half Dana auf die Beine.

„Hast du ihn getötet?" Seine Lippen teilten sich zu einem Lächeln.

„Nein. Er ist nur betäubt. In ein paar Stunden wird er kein Werwolf mehr sein und zusehen, dass er nach Hause kommt."

Schaudernd wandte Dana sich von dem Wolf ab. Hinter ein paar Bäumen sah sie die Rückleuchten des Taxis.

„Du hast mir das Leben gerettet. Danke", sagte sie heiser.

Francis lächelte wieder zum Dahinschmelzen und setzte sich in Bewegung.

„Das ist mein Job."

Dana runzelte erstaunt die Stirn. „Bist du dann so eine Art Polizist?"

„So ähnlich. Ich muss zusehen, dass die Vampire und die anderen Wesen der Nacht keinen Schaden anrichten, in eurer Welt und in unserer. Und gemeinsam mit den anderen Portalwächtern dafür sorgen, dass die Strigoi nicht durch das Portal in eure Welt gelangen können. Komm, lass uns zum Auto gehen."

„Hast du noch Dienst?", fragte Dana, als sie zum Taxi gingen.

Francis schüttelte den Kopf. „Meine Schicht ist zu Ende. Ich war gerade auf dem Weg nach Hause."

„Da habe ich Glück gehabt, dass du noch rechtzeitig gekommen bist."

Sie stiegen ein und Francis startete den Motor.

„Wie bist du eigentlich hier her gekommen? Die Portalwächter lassen schon sehr lange keine Menschen mehr durch das Hauptportal."

„Damit."

Dana griff in ihren Ausschnitt und holte das Schlüsselamulett hervor.

„Aha. Jetzt wird mir einiges klar. Und es muss wohl irgendetwas passiert sein, wenn du so plötzlich hier auftauchst?", fragte er vorsichtig.

Dana atmete tief ein und kämpfte heftig mit den aufsteigenden Tränen.

„Die Therapie für Mama hat nicht angeschlagen. Francis, sie – sie geben ihr nur noch drei Monate!"

Mit einem hässlichen Geräusch soff der Motor ab. Entsetzt sah Francis sie an, und sein Blick öffnete sämtliche Schleusen.

„Francis, bitte, du musst mir helfen. Ich – ich will nicht, dass sie stirbt."

Francis nahm ihre Hand in seine.

„Ich will dir gerne helfen, Dana. Ich kann dich zum Elysion bringen, aber ich weiß nicht, ob du ihm wirklich diesen Pflock aus dem Herzen ziehen kannst."

„Aber er hat mir gesagt, dass ich es tun muss."

Francis Augenbrauen schossen erstaunt nach oben. „Er hat es dir gesagt? Wie soll ich das verstehen?" „Ich habe es geträumt. Na ja, ich weiß nicht, ob das wirklich ein

Traum war. Aber er sagte mir, er habe zuletzt an mich gedacht und hat mir dann genau erklärt, wo ich das Amulett finde. Und ich habe es tatsächlich dort gefunden. Ich weiß immer noch nicht, wie so etwas möglich ist."

Francis lächelte.

„Wenn ein Vampir mit einem Holzpflock gepfählt wurde, ist er lediglich bewegungsunfähig, aber seine Gedanken sind noch immer frei. Er hat deine Verzweiflung gespürt und hat Kontakt zu dir aufgenommen."

Dana seufzte. „Ich würde am liebsten sofort aufbrechen."

„Das wäre verdammt leichtsinnig. Der Weg zum Elysion führt durch das Territorium der Strigoi. Und die sind verdammt aggressiv. Die würden uns zu Strigoi machen, ehe wir bis drei zählen könnten. Das muss gut vorbereitet sein. Ich muss morgen Abend ein Konzert geben, und danach kümmern wir uns um unseren Ausflug ins Elysion. Fahren wir erst einmal zu mir nach Hause. Dort kannst du dich von dem Schrecken erholen."

„Ich hätte nichts dagegen." Danas Herz schlug immer noch wie eine Bongo-Trommel, als sie an die Begegnung mit dem Werwolf dachte. Und ihre Knie waren immer noch verdammt weich. Francis startete wieder den Motor, und der Mercedes setzte sich mit einem geräuschvollen Dieselbrummen in Bewegung.

Kurze Zeit später hielt Francis vor einem mehrstöckigen Haus. Als Dana ausstieg, fühlte sie sich heiß und fiebrig, und ihre Schulter tat höllisch weh. Schwindel packte sie, und sie musste sich an das Auto lehnen.

„Geht es dir gut, Dana?", holte Francis besorgte Stimme sie wieder in die Wirklichkeit.

„Ich – ich weiß nicht."

„Du bist ganz blass, und du siehst fiebrig aus. Hat der Werwolf dich verletzt?"

Unruhig strich Danas Zunge über ihre trockenen Lippen.

„Ich glaube, er hat mich gebissen."

„Verdammt! Wir müssen sofort etwas tun, sonst bist du beim nächsten Vollmond selbst ein Werwolf. Komm, wir gehen hinauf."

Dana trat einen Schritt vor, aber es wurde ihr so schwindlig, dass sie umgefallen wäre, wenn Francis sie nicht aufgefangen hätte. Bevor sie protestieren konnte, nahm er sie auf die Arme und stieß die Haustür auf.

„Francis, es tut mir so leid, dass ich dir solche Umstände mache", sagte sie heiser.

„Du konntest ja nicht ahnen, dass dir gerade jetzt ein hungriger Werwolf über den Weg läuft." Er trug sie eine Treppe hinauf und öffnete mit einem leisen Spruch die Wohnungstür. Mit einem Klappen schloss sie sich, als sie in der Wohnung waren. Francis setzte Dana ab und drückte den Lichtschalter. Sofort ergoss sich ein sanftes Licht auf den Flur. Er legte die Hand um ihre Taille und half ihr, in den Raum am Ende des Flurs mit der offenen Tür zu gelangen. Als er auch hier den Lichtschalter betätigte, fand Dana sich in einem Schlafzimmer mit einem Doppelbett wieder. Erleichtert ließ sie sich auf das Bett sinken.

„Es wundert mich ja, dass du hier Licht brauchst."

Francis lächelte. „Normalerweise braucht ein Vampir nachts kein Licht. Aber es erzeugt so eine schöne, heimelige Atmosphäre. Ich bin gleich wieder da."

Er drehte sich um, und kurz darauf hörte Dana ihn in einem anderen Raum rumoren. Sie beugte sich hinunter, um ihre Chucks zu öffnen, aber es wurde ihr sofort schwindlig. In dem Augenblick kam Francis herein. Er hatte eine kleine Schüssel mit warmem Wasser in einer Hand und in der anderen ein Messer und Verbandsmaterial. Als er Danas Schwierigkeiten sah, stellte er rasch alles ab und kniete sich vor ihr hin, um ihr aus den Schuhen zu helfen.

„Mann, so übel war es mir schon lange nicht mehr", stöhnte sie und wischte sich den Schweiß von der Stirn.

„So ein Mist. Und jetzt musst du auch noch Krankenschwester spielen."

Francis lächelte.

„Ist doch kein Problem."

Er setzte sich zu ihr und zog ihr die Jacke aus.

„Die ist ziemlich hin", sagte Dana mit einem Blick auf die Jeansjacke, in der an der Schulter ein großes Loch klaffte.

Als Francis die Knöpfe ihrer Bluse öffnen wollte, um diese auszuziehen, hielt Dana empört seine Hand fest.

„Ich kann das selber."

Wie seltsam ihre Stimme klang! Als hätte sie ein großes Besäufnis hinter sich.

„Lass dir helfen, Dana. Ich verspreche dir, dass ich nicht über dich herfallen werde. Ich habe heute Abend schon meine Portion Blut bekommen." Dana ließ ihn los. Er öffnete ihre Bluse und zog sie ihr vorsichtig über die Schultern. An der verletzten Schulter klebte der Blusenstoff an der blutigen Bisswunde, und Dana stöhnte schmerzvoll auf, als Francis den Stoff entfernte.

„Oh, verdammt. Das sieht nicht gut aus. Dreh mir den Rücken zu."

Dana gehorchte, obwohl es ihr verdammt schwer fiel. Er schob den Spaghetti-Träger ihres Unterhemdes zur Seite, und bald darauf fühlte sie ein warmes, feuchtes Tuch auf ihrer

Schulterwunde. Sorgfältig trocknete Francis die Wunde. Dann hörte Dana ein kurzes, schmerzvolles Stöhnen hinter sich.

„Ist alles in Ordnung, Francis?"

„Ja, ist schon gut", antwortete er.

Kurz darauf fühlte Dana eine warme, ein wenig klebrige Flüssigkeit auf ihrer Wunde, die Francis sorgfältig verteilte. Auf einmal fing die Wunde an, heftig zu brennen und zu pulsieren.

„Was zum Teufel hast du auf die Wunde getan?", zischte sie ihn an.

„Mein Blut", war seine knappe Antwort.

„Was?"

„Es zerstört das Werwolf-Gift. So, jetzt dreh dich wieder um. Du musst noch ein wenig davon trinken."

Dana fuhr herum. „Muss ich das wirklich?"

„Ich weiß nicht, wie viel Gift schon in deinem Blut ist. Kleine Vorsichtsmaßnahme. Komm schon."

Er hielt ihr seine Handfläche hin. Dana erschrak. Eine tiefe Schnittwunde zog sich über seine Handfläche und blutete stark.

„Francis, das sieht ja schrecklich aus. Wieso tust du so etwas?"

„Dieser Werwolf hat mich ziemlich lange in Atem gehalten. Vor dir hat er noch zwei andere Leute angegriffen und mir sind die Spritzen ausgegangen. Aber mach dir keine Sorgen. Meine Wunden heilen sehr schnell. Komm, trink, bevor es gerinnt."

„Aber ich weiß nicht, wie ich das tun soll."

„Du bist ein Halbvampir, du weißt es. Trink schon."

Er hielt Dana seine Handfläche unter die Nase, sodass sie das Blut riechen konnte. Auf einmal zog der Geruch in ihre Nase und sie spürte einen unwahrscheinlichen

Drang, dieses Blut von seiner Handfläche zu lecken. „Siehst du? Du kannst es doch." Francis Blut schmeckte unerwartet süß und irgendwie ein wenig metallisch. Viel zu schnell zog er die Hand wieder weg.

„Ein wenig Blut brauche ich schon noch für mich" sagte er mit einem leichten Lächeln.

„Du wirst jetzt ein wenig müde werden. Ruh dich aus. Aber erst einmal gebe ich dir etwas Frisches zum Anziehen."

Er stand auf, ging in Richtung Schlafzimmerschrank und holte ein T-Shirt heraus.

„Ich kann dir leider nichts anderes anbieten", sagte er und gab ihr das T-Shirt.

„Für eine Nacht wird das wohl gehen."

„Brauchst du noch etwas?" Dana strich mit der Zunge über ihre Lippen, die sich spröde und trocken anfühlten.

„Ein Glas Wasser wäre nicht schlecht."

Als Francis wieder zurückkam, war Dana schon umgezogen und lag auf dem Kissen und schlief. Sie war noch nicht zugedeckt. Francis lächelte. Der Schlaf hatte sie übermannt. Sie sah so hübsch und friedlich aus, dass er der Versuchung nicht widerstehen konnte, sich zu ihr an die Bettkante zu setzen. Wie ähnlich sie Martha sah. Seine Erinnerung glitt zurück zu der Zeit, als er noch ein Mensch war, als Martha noch lebte, als sie seine Frau war, die Frau, die er so sehr liebte, dass es beinahe wehtat. Aber diesem Glück wurde viel zu schnell und entsetzlich grausam ein Ende gesetzt. Die Vampire, die sie überfallen hatten, hatten ihm alles genommen, was ihm etwas bedeutet hatte: Martha und ihr gemeinsames Kind, das niemals eine Chance gehabt hatte, auf die Welt zu kommen. Er hatte sich verwandeln lassen, um ihren Tod zu rächen. Daniel, Danas Vater, hatte damals alle Hände voll zu tun gehabt, ihn davon abzuhalten. Er hatte ihn überzeugt, diese Vampire zu finden und sie für ihr schändliches Tun zu bestrafen. Sie wurden bestraft, aber der heftige Schmerz, Martha für immer verloren zu haben, blieb. Erst seit er Dana bei diesem Konzert wieder gesehen hatte, war der Schmerz erträglicher geworden, und Martha wurde immer mehr eine schöne Erinnerung. Aufmerksam betrachtete er Dana. Sie war schon als Kind ein süßes und anziehendes Mädchen gewesen, aber die Gefühle, die er jetzt für sie empfand, waren nicht die, die man für ein Kind empfand. Das war schon viel mehr, und er musste sich eingestehen, dass er sie liebte. Aber empfand sie auch so? Oder war er einfach ein Ersatz für ihren Vater, den sie so sehr vermisste? Er seufzte. Er musste es erfahren. Aber zuerst sollte sie sich erholen. Er beugte sich über sie, um sie zuzudecken. Ohne es wirklich zu wollen, sog er den Duft des Blutes ein, das in ihrem Hals pochte. Es roch so süß und verführerisch, dass er ein heftiges Verlangen spürte, dieses Blut zu kosten. Ein solches Gefühl hatte er schon sehr lange nicht mehr gespürt. Seit es Blutkonserven gab, hielt er sich lieber daran. Vielleicht war es aber gar nicht ihr Blut, vielleicht war es einfach ihre Ausstrahlung, die diese Gefühle weckte – sie nahm ihn völlig gefangen. Zögernd streckte er die Hand aus und strich sanft über ihre kastanienbraunen Locken. Zart berührte er mit den Lippen ihre Stirn. Dann stand er auf und verließ das Zimmer.

Kapitel 2

Leise Klavierklänge weckten Dana. Mit Mühe öffnete sie die Augenlider. Wo war sie? Verwirrt richtete sie sich auf. Sie lag in einem Doppelbett unter einer roten Bettdecke. Der Rollladen war noch unten, und so konnte sie nur schemenhaft einen Schrank in der Nähe des Bettes sehen. An der gegenüberliegenden Wand war eine kleine Sammlung E-Gitarren aufgestellt. Auf dem Nachttisch neben dem Bett stand eine Teetasse und eine Flasche Wasser. Wo war Francis? Auf einmal spürte sie heftigen Durst, und ihr Magen fing an, wie verrückt zu knurren. Wie lange hatte sie schon hier gelegen? Wieder drang die Klaviermusik an ihr Ohr. Langsam stellte Dana beide Füße auf den Boden. Als sie an sich herunter blickte stellte sie fest, dass sie einen Schlafanzug trug. Es wurde ihr brennend heiß, als ihr bewusst wurde, dass es Francis war, der sie umgezogen haben musste. Sie nahm die Wasserflasche und trank gierig das angenehm kühle Wasser. Aber Hunger hatte sie immer noch. Wacklig stand sie auf und verließ das Zimmer. Die Klavierklänge kamen immer näher, und sie waren so schön, dass Dana ihrem Klang folgte. Das nächste Zimmer, in das sie blickte, war ein Wohnzimmer. Dort sah sie ein Bücherregal, einen Fernseher in der einen Ecke und eine cremefarbene Couch. Links an der Wand stand eine Kommode, auf der als einziger Schmuck ein kleines Ölbild stand. Das schönste an dem Raum war aber das Klavier, das gut ein Drittel des Raumes einnahm. Auf dem Klavierschemel saß Francis, und er war so vertieft in die Musik, dass er Dana nicht hörte. Er spielte noch ein paar Töne auf dem Klavier und fing dann an zu singen. Seine Stimmer war tief und rauchig und die Melodie so schön und melancholisch, dass Dana einfach lauschte und sich nicht bemerkbar machte. Auf einmal blickte Francis auf.

„Wie lange stehst du schon hier?", fragte er überrascht.

Dana versuchte ein Lächeln. „Noch nicht lange. Das ist ein schönes Lied, Francis. Wie heißt es?"

Francis lächelte geschmeichelt.

„Es ist noch nicht ganz fertig. Mir fehlt noch ein passender Refrain. Wie geht es dir?"

Dana wollte einen Schritt vortreten, als sie auf einmal von Schwindel erfasst wurde. Bevor sie etwas sagen konnte, war er zur Stelle und fing sie auf. „Doch noch nicht so gut, was?", klang seine Stimme leise an ihr Ohr.

„Vielleicht hätte ich nicht so schnell aufstehen sollen. Aber ich habe Hunger."

„Das hört sich schon mal gut an. Was möchtest du essen?"

Dana lächelte. „Ich hätte Lust auf was Chinesisches."

„Gut. Dann leg dich noch mal hin. Ich sage dir Bescheid, wenn das Essen fertig ist."

Dana runzelte überrascht die Stirn.

„Du kochst?"

Er lächelte herausfordernd. „Was dagegen?"

Danas Wangen röteten sich.

„Ist ein bisschen ungewohnt, sich einen Vampir in der Küche vorzustellen."

„Wir leben nicht nur von Blut, wir essen genauso wir ihr. Nur die Strigoi können normales Essen nicht verdauen, sie sind auf Blutdiät."

Francis lieferte Dana in seinem Schlafzimmer ab und ging aus dem Raum. Kurz darauf hörte man ihn in einem anderen Raum rumoren. Dana legte sich wieder ins Bett, aber nachdem sie sich ein paar Minuten ruhelos im Bett gewälzt hatte, stand sie wieder auf. Auf einem Stuhl gegenüber lagen Kleider. Ihre Kleider. Schnell og sie sich den Pulli über und schlüpfte in die Jogginghose.

Aus dem Raum gegenüber dem Wohnzimmer roch es schon sehr lecker.

„Ich bin noch nicht soweit", sagte Francis.

„Kann ich mich trotzdem schon hinsetzen? Ich kann kein Bett mehr sehen."

Er lächelte.

„Kein Problem"

Dana sah sich in der Küche um. Die Küchenmöbel waren in einem unaufdringlichen Landhausstil gehalten. Lediglich der große Esstisch fiel aus dem Rahmen. Er war aus dunklem, grob gescheuertem Holz, ohne aber wuchtig zu wirken. Es gab keine Stühle, sondern zwei Bänke aus demselben Holz, die längsseits des Tisches aufgestellt waren. Auf dem Tisch lag ein Läufer, auf dem zwei dicke Kerzen auf einem Keramikteller standen. Sie warfen ein angenehm heimeliges Licht auf den Tisch und die zwei Teller, die darauf standen.

Heißhungrig stürzte Dana sich auf die chinesische Suppe. Sie war genau richtig, ein wenig scharf, mit Nudeln und

Gemüse. „Kann man sie essen?", fragte Francis mit einem schiefen Lächeln.

Dana grinste zurück. „Das hört man doch. Sie schmeckt echt lecker. Genau die richtige Krankenkost."

Nach dem zweiten Teller lehnte Dana sich gesättigt an die nahe Wand.

„Das hat gut getan."

„Du ahnst nicht, wie froh ich bin, dass du wieder auf dem Damm bist, Dana."

Dana sah Francis fragend an.

„Wie lange war ich denn K.O.?"

„Zwei Tage. Du hast so hohes Fieber bekommen, dass ich eine Heilerin holen musste."

„Aber wie kann das sein? Die Wunde kann sich doch gar nicht so schnell infiziert haben."

„Es war nicht nur die Wunde. Auch Halbvampire machen eine Verwandlung durch, sobald sie ausgewachsen sind. Es ist zwar nicht ganz so extrem wie eine Verwandlung vom Menschen zum Vampir, aber auch nicht ohne."

Wie auf Kommando fing die Werwolf-Bisswunde an wehzutun, und Dana verzog schmerzvoll das Gesicht.

„Ich glaube, ich sollte mal nach deiner Wunde sehen. Komm, gehen wir ins Schlafzimmer."

„Muss das sein?"

„Ja."

„Aber..."

„Keine Widerrede. Auf geht's. Du kannst dich auf das Bett setzen und mir den Rücken zudrehen."

Dana gehorchte.

„Kannst du den Pullover schon alleine ausziehen?"

Dana versuchte es, aber sofort schoss ein scharfer Schmerz in ihre Schulter, als sie versuchte, den Arm zu heben.

„Geht noch nicht."

Francis setzte sich auf die Bettkante hinter Dana und zog ihr vorsichtig den Pullover über den Kopf, als aber seine Hände ihre Hüften berührten, um auch das Unterhemd auszuziehen, hielt sie diese fest.

„Was soll das, Dana?"

Dana wurde über und über rot. Zum Glück konnte Francis das nicht sehen.

„Muss das sein?"

Ein amüsiertes Lachen hinter ihrem Rücken war die Antwort.

„Dana, was glaubst du, wer dich die letzten Tage versorgt und umgezogen hat?"

Dana wurde noch verlegener.

„Du warst die ganze Zeit hier?" „Bis auf den Tag, als ich in eurer Welt war und in Deiner Wohnung Klamotten für dich geholt habe. Ich war auch bei Helena im Krankenhaus."

„Du hast ihr hoffentlich nicht erzählt, was mir passiert ist?"

„Nein. Ich habe nur gesagt, dass du bei mir wohnst, bis wir deinen Vater aufsuchen werden."

„Danke. Wie geht es ihr?"

„Es geht ihr soweit gut. Vielleicht wollen sie sie übermorgen entlassen. Ich habe die kleine Blonde getroffen..."

„Vivi?"

„Genau. Sie sagte mir, dass ihre Eltern Helena abholen und dass sie sich um sie kümmern."

„Aber sie arbeiten doch."

„Vivis Mutter hat sich die Woche frei genommen, und Vivi ist ja auch noch da."

„Wenn sie nicht gerade mit deinem Aushilfsbassisten in höheren Sphären schwebt", gab Dana zu bedenken.

Francis lächelte. „Ich habe den Eindruck, als hätte sie genug Bodenhaftung, um ihrer Freundin zu helfen." „Na ja, eigentlich schon. Ich wüsste nicht, was ich ohne sie und ihre Eltern gemacht hätte. Wahrscheinlich wäre ich durchgedreht", sagte Dana leise und fühlte sich auf einmal wieder unendlich müde und deprimiert. Und sie spürte Angst in sich aufsteigen, Angst, diese Aufgabe, die sie sich gestellt hatte, nicht meistern zu können, und noch mehr Angst, dass es für ihre Mutter zu spät sein könnte. Sie seufzte schwer auf.

„Ich habe solche Angst, dass die ganze Sache schief geht."

Ihre Hände glitten von Francis Händen, und sie wischte sich mit einer fahrigen Bewegung die Tränen aus den Augen. Sanft strich Francis über ihr Haar.

„Nicht weinen. Wir schaffen das schon. Und jetzt kümmere ich mich um deine Wunde."

Francis schob ihr Haar zur Seite, und als seine Fingerspitzen dabei ihren Nacken berührten,

stellten sich Danas Nackenhärchen auf, und sie konnte nicht vermeiden, dass ihr ein Seufzer heraus rutschte.

„Habe ich dir wehgetan?"

Eine heiße Welle zog über Danas Gesicht.

„N-nein."

Verdammt, sie machte sich völlig lächerlich. Seine Nähe hinter ihrem Rücken und dieser schwere, sinnliche Lilienduft, den seine Haut verströmte, benebelten ihren Verstand.

„Jetzt wird es aber ein wenig wehtun, wenn ich das Pflaster entferne."

Seine Hände näherten sich ihrer Schulter und bevor sie irgendetwas denken konnte, riss er es mit einer Bewegung von ihrer Haut. Ein scharfer Schmerz durchfuhr ihre Schulter und ihr kamen beinahe die Tränen.

„Tut mir leid, aber es muss schnell gehen. Wenn ich lange herum mache, ist es schlimmer."

„Ist schon gut", antwortete Dana, als sie wieder klar sah.

„Wie sieht es aus?"

„Schon ganz zufriedenstellend. Aber heute verpasse ich dir noch einmal ein Pflaster und vorher noch … Tinktur."

Kurz darauf spürte sie etwas schrecklich Kaltes auf ihrer Schulter und dann einen heftigen brennenden Schmerz, der ihr erneut die Tränen in die Augen trieb.

„Was zum Teufel hast du da getan? Willst du mich umbringen?", pfiff sie ihn empört an.

„Nein. Das Zeug ist zwar höllisch, aber es sorgt dafür, dass sich die Wunde nicht infiziert", antwortete er und half ihr wieder beim Anziehen.

Dana drehte sich wieder zu ihm. „Was glaubst du, wann wir zu diesem Elysion fahren können?"

„Nicht vor übermorgen."

„Aber..."

„Keine Widerrede. Erstens musst du gesund sein, um deinem Vater eine Hilfe zu sein und zweitens müssen wir gut vorbereitet sein. Wir werden den ganzen Tag unterwegs sein, und wir müssen das Territorium der Strigoi durchqueren, um zum Elysion zu kommen."

Dana war müde wie ein Bergarbeiter, obwohl sie nur gegessen und geredet hatte. Sie seufzte.

„Ich glaube, du hast Recht. So richtig fit bin ich noch nicht. Ich muss mich nochmal aufs Ohr legen."

„Schadet bestimmt nicht", antwortete Francis und stand auf.

„Musst du heute arbeiten?"

Er lächelte. „Ich habe diese Woche schichtfrei. Aber ich gebe heute Abend ein Konzert. Glaubst du, du kommst klar?"

„Sicher. Wenn ich mich an deinem Bücherregal bedienen kann."

„Fühl dich wie zu Hause."

Kaum berührte Danas Kopf das Kissen, war sie schon eingeschlafen.Als Dana erwachte, fühlte sie sich schon ein wenig kräftiger. Wie lange hatte sie geschlafen? Seufzend setzte sie sich auf und gähnte herzhaft. Die Uhr sprach halb fünf. Wo war Francis? Auf einmal hörte sie jemanden in einem anderen Zimmer rumoren. Als sie die Bettdecke zurückschlug, fröstelte es sie heftig. Sie hob die dicken Socken auf, die auf dem Boden lagen, und zog sie an. Es war ihr aber immer noch verdammt kalt. Wozu sollte es auch in der Wohnung eines Vampirs warm sein? Dana ging zu dem Kleiderschrank am anderen Ende des Raums.

Vielleicht hatte Francis doch irgendetwas Brauchbares, das wärmte. Zögernd öffnete sie den Schrank. Ob es ihm recht war, dass sie in seinen Klamotten herum wühlte? Auf einem Bügel fand sie eine Sweatshirt-Jacke. Die sah wenigstens ein bisschen warm aus. Dana nahm sie vom Bügel. Sie strömte einen leichten Lilienduft aus; Francis musste sie wohl mal angehabt haben. Sie zog sie sich über, krempelte die Ärmel zweimal hoch und ging aus dem Raum. Dana verließ die Küche und ging ins Wohnzimmer. Als sie es betrat, sah sie Francis vor der Kommode mit dem Bild stehen. Er war so in Gedanken versunken, dass er Dana nicht herantreten hörte. Als sie ihm über die Schulter blickte, sah sie eine weiße Lilie und eine rote Rose vor dem Bild liegen. Sie wollte Francis ansprechen, aber als ihr Blick auf das Bild fiel, blieben ihr die Worte im Hals stecken. Sie hatte das Gefühl, als würde sie in ihr eigenes Gesicht sehen, mit dem Unterschied, dass die Frau auf dem Bild rotes Haar hatte und leuchtend grüne Augen. Und sie war wunderschön.

„Wer ist das, Francis?"

Langsam wandte er sich um. Ein seltsamer Blick lag in seinen Augen, sehr nachdenklich, mit einem Anflug von Trauer und Schmerz; es war ein Blick, der Dana seltsam berührte.

„Sie war meine Frau", sagte er leise und seufzte. „In einem anderen Leben."

„Bevor du ein Vampir wurdest?"

Er nickte langsam.

„Was ist mit ihr passiert?", bohrte Dana vorsichtig nach. „Wir wurden von Vampiren überfallen, und sie haben ein Schlachtfest veranstaltet mit dem Kutscher und Martha." Entsetzt blickte Dana ihn an. „Das ist...grauenhaft", sagte sie heiser. „Das war es. Bitte, Dana, ich möchte nicht weiter darüber reden", antwortete er leise und wandte den Blick ab.

Dana schluckte.

„Ich... lasse dich dann mal alleine mit ihr", sagte sie heiser.

Er blickte wieder auf und Dana stellte erleichtert fest, dass die Trauer aus seinen Augen verschwunden war.

„Das brauchst du nicht. Ihr Tod ist schon zu lange her, um noch zu schmerzen. Aber an ihrem Geburtstag tut es doch noch manchmal weh."

Sein Blick fiel auf die Wanduhr an der anderen Wand. „Ich muss jetzt gehen."

„So früh?"

Francis lächelte.

„Mein Vorgesetzter wünscht, mich noch vor dem Konzert zu sehen."

„Hast du was ausgefressen?"

„Nicht, dass ich wüsste."

„Na, dann wünsche ich dir viel Spaß."

Kurz darauf fiel die Tür ins Schloss, und Dana war allein. Was sollte sie tun? Ihr Blick fiel auf das Klavier, und plötzlich bekam sie große Lust, ein wenig darauf herum zu klimpern. Ihr Vater war ein begnadeter Klavierspieler, und er hatte ihr schon mit fünf Jahren das Klavier spielen beigebracht. Der Klavierdeckel war offen, und auf der

Notenablage lag ein Blatt, auf das jemand ein paar Noten geschrieben hatte. Ob es das Lied war, das sie heute Vormittag geweckt hatte?

Sie setzte sich auf den Klavierschemel und spielte die Noten nach. Es war tatsächlich das Lied von heute Vormittag. Aber irgendetwas fehlte noch. Zuerst klimperte sie einfach herum und genoss die schönen, satten Klänge des Klaviers. Gab es noch mehr Noten? Sie nahm das Notenblatt von der Ablage, aber sie fand keine weiteren Noten. Dafür lag noch ein Bogen Papier auf der Notenablage. Das musste ein Songtext sein. Das Blut schoss in ihre Wangen, als sie ihn las. Dort war die Rede von honigfarbenen Augen, die hell und warm leuchteten wie die Sonne. Schrieb er wirklich von ihren Augen? Sie las weiter und errötete noch mehr. Es war ein Liebeslied, und es war wirklich für sie. Die Worte waren so schön gewählt, dass ihr fast die Tränen kamen. Auf einmal juckte es Dana heftig in den Fingern, noch etwas dazu zu schreiben. Sie schloss nur kurz die Augen und dann kamen schon die Worte. Ein Lächeln glitt über ihre Lippen, als sie anfing, zu schreiben. Als sie gerade lesen wollte, was sie geschrieben hatte, überfiel sie plötzlich ein heftiges Schwindelgefühl. War wohl doch ein wenig anstrengend gewesen. Sie nahm sich das Blatt und legte es auf dem Wohnzimmertisch ab. Dann legte sie sich auf die Couch.

„Mal sehen, was die hier so im Fernsehen haben."

Sie nahm die Fernbedienung vom Tisch und schaltete ein.

Als Francis die Wohnung betrat, sah er einen Lichtschein aus dem Wohnzimmer dringen. War Dana noch auf? Leise ging er ins Wohnzimmer. Der Fernseher lief noch, und sie lag auf der Couch und schlief. Anscheinend war das Fernsehprogramm ziemlich einschläfernd gewesen. Er setzte sich zu ihr, um sie zu wecken, aber sie sah so friedlich und entspannt aus, dass er es noch nicht wagte. Sein Blick fiel auf den Tisch. Dort lag der Zettel, auf dem er ein paar Fragmente des Textes für seinen neuen Song aufgeschrieben hatte. Er nahm ihn in die Hand und stellte erstaunt fest, dass noch jemand etwas dazu geschrieben hatte.

„Mal sehen, was Dana eingefallen ist", dachte er und begann zu lesen. „...*Seine Augen sind so blau wie das Meer an seiner tiefsten Stelle und ich habe das Gefühl, er könne mit ihnen bis in die Tiefen meiner Seele*

sehen. Und wenn ich die Augen schließe, sehe ich noch immer dieses Blau und versinke darin. Ich sehne mich nach seinen Lippen und nach seinen Händen auf meiner Haut..."

Das war es, das war die Antwort auf die Fragen, die ihn beschäftigt hatten, seit er Dana vor ein paar Wochen bei diesem Konzert getroffen hatte. Nur ein Blick von ihr hatte gereicht und er hatte völlig in Flammen gestanden. Ein Lächeln glitt über seine Lippen.

„Du süße kleine Poetin" sagte er rau und strich sanft eine vorwitzige, dunkelbraune Locke aus ihrem Gesicht.

Dana erwachte von einer leichten Berührung auf ihrem Gesicht. Sie öffnete die Augen und blickte direkt in zwei lang gezogene Augen, die im gedämpften Licht leuchteten wie zwei Saphire. In seinem Blick stand so viel Zuneigung, dass sie sofort wusste, dass er ihre Zeilen gelesen hatte. Verlegen richtete sie sich auf.

„Du hast an meinem Text gearbeitet", sagte er.

Jetzt wurde Dana über und über rot.

„Du hast das gelesen?"

Sein Lächeln steigerte noch ihre Verlegenheit.

„Ich – ich wollte dir nicht hineinpfuschen."

„Das hast du nicht. Das ist wunderschön. Ich werde das genauso lassen."

Dana musste heftig schlucken, als sie sah, wie sehr ihre Zeilen Francis berührt hatten.

„Wenn du nicht noch krank wärst, würde ich dir sofort jeden Wunsch aus diesem Text erfüllen."

Dana lächelte. „Dann erfülle mir wenigstens einen Teil davon." Sie quetschte ihre Beine an Francis vorbei, sodass sie direkt neben ihm saß, und als sie aufsah, stockte ihr der Atem. Es stand noch immer die gleiche Zuneigung in seinem Blick, aber auch eine Sinnlichkeit, bei der es ihr heiß und kalt wurde. Er streckte die Hand aus und ließ seine Fingerspitzen sanft über ihre Wange streichen. Sein Gesicht war so nahe, dass Dana seinen Atem kühl über ihren Hals streichen spürte. Sanft berührten seine Lippen ihren Mund, der sich bereitwillig seinem Kuss öffnete. Seine Zunge drang zwischen ihre Lippen und spielte mit ihrer, so lange, bis Dana es wagte, sich zu entspannen und seinen Kuss zu genießen. Entspannt sank Danas Kopf an Francis Schulter, als sie wieder zu Atem kam. Wie gut seine Nähe tat und wie verführerisch sein Lilienduft war!

„War das okay als Vorgeschmack?", klang seine Stimme dunkel an ihr Ohr.

Dana blickte auf und schickte ihm ein herausforderndes Lächeln.

„Das war zu wenig. Ich will noch mehr davon."

Francis drückte einen Kuss auf ihre Stirn.

„Werde schnell wieder gesund. Dann bekommst du so viel davon wie du willst. Und noch mehr."

Dana lächelte.

„Versprochen?"

„Versprochen."

Francis ließ sie los und sie sah zu, dass sie Land gewann.

Kapitel 3

Als Dana erwachte, fühlte sie sich wie neugeboren. Die Rollläden waren noch unten, aber durch deren Schlitze schien Tageslicht ins Schlafzimmer. Wie spät es wohl war? Sie richtete sich auf und gähnte herzhaft. Dann warf sie einen Blick auf die Uhr auf ihrem Nachttisch. Schon drei Uhr. Warum hatte Francis sie nicht geweckt? War er überhaupt da? Danas knurrender Magen setzte ihren Überlegungen ein rasches Ende. Sie zog sich an und verließ das Zimmer. Im Wohnzimmer hörte sie Francis sprechen. War Besuch da? Neugierig betrat sie das Wohnzimmer. Francis stand mit dem Rücken zu ihr am Fenster und telefonierte. Ein ungläubiges Lächeln stahl sich auf Danas Lippen. Es fiel ihr verdammt schwer, zu glauben, dass er kein gewöhnlicher Mensch war, so wenig entsprach er ihrer Vorstellung von einem Vampir. Er liebte gemütliche Beleuchtung, er kochte, und jetzt telefonierte er auch noch. Nun ja, vielleicht hing er noch so sehr an seinem früheren menschlichen Leben, dass er wenigstens den Anschein einer normalen Existenz wahren wollte.

„Dana schläft noch", sagte er gerade.

„Nein", sagte sie laut und trat zu ihm.

Er drehte sich um und lächelte ihr zu. „Jetzt nicht mehr. Ja, dem ersten Anschein nach ist sie wieder fit. Ich denke, ich kann sie heute Abend mitbringen."

Dana runzelte erstaunt die Stirn. Wohin wollte er sie mitnehmen?

„Gut, dann kommen wir bei Anbruch der Dunkelheit",
antwortete er seinem Telefonpartner. Er legte auf und das
Telefon auf dem Klavier ab.

„Hallo, Dana", begrüßte er Dana und drückte einen Kuss
auf ihre Wange.

„Wie geht es dir?"

„Schon viel besser. Mit wem hast du telefoniert?"

„Mit meinem Boss."

„Dann hast du doch was ausgefressen."

Francis lächelte.

„Da kann ich dich beruhigen. Er möchte dich kennen
lernen."

„Mich? Warum?"

„Er kennt deinen Vater sehr gut, und als ich ihm sagte,
dass du gekommen bist, um Daniel zu befreien, wollte er
dich kennen lernen. Wir treffen ihn heute Abend im
Hauptquartier der Portalwächter."

Dana runzelte zweifelnd die Stirn.

„Müssen wir uns auf einem Polizeirevier treffen?"

Francis lächelte.

„Das ist kein Polizeirevier, wie du das kennst. Lass dich
überraschen."

***

Francis bremste vor einer großen, dunkel gestrichenen
Villa ab und fuhr auf den Parkplatz neben dem Haus. Er
parkte das Taxi neben einem futuristisch aussehenden
Motorrad, das verdammt schnell aussah, und stellte den
Motor ab.

„Gehen wir mal rein."

Dana und Francis stiegen aus und gingen die große Freitreppe zum Haus hinauf. Quietschend öffnete sich die schwere, schwarz gestrichene Vordertür. Sie betraten eine riesige Halle, die in viktorianischem Stil eingerichtet war, der Boden war ausgelegt mit schwarz-weißen Fliesen, und große, elfenbeinfarbene Säulen trugen das Gebäude. An den Seitenflügeln waren rote Sessel und Bänke aufgereiht, und an den Wänden hingen kunstvoll gefertigte Portraits, die wahrscheinlich frühere Leiter dieses Hauses zeigten.

„Sieht hier irgendwie so gar nicht nach Polizeiwache aus", sagte Dana erstaunt und blickte sich neugierig um. Francis lächelte.

„Ich habe es dir doch gesagt: Andere Länder, andere Sitten."

Sie gingen die große Treppe auf der rechten Seite hinauf und bogen kurze Zeit später in einen Flur ein, der der stilvollen Halle in nichts nachstand. Auf einmal hörten sie ein Geräusch, das wie Hufschläge klang. Bevor Dana fragen konnte, was das war, bog ein junger Mann um die Ecke, der einen großen Berg Akten vor sich hertrug. Er musste ungefähr in Danas Alter oder sogar jünger sein, hatte dunkelbraunes Haar und gelbliche Augen wie eine Ziege. Winzige Hörner ragten aus dem vollen Haar heraus, und als Danas Blick weiter hinunter glitt sah sie, dass er das Geräusch gemacht hatte, denn aus seinen Hosenbeinen ragten Hufe heraus.

„Mein Gott, das ist ja ein Satyr", hauchte sie beeindruckt.

„Hallo Francis", begrüßte er Francis und warf einen neugierigen Blick auf Dana.

„Hallo, Ben", antwortete Francis.

„Gut, dass ich dich treffe. Hast du Oktavian schon gesehen?"

Ben runzelte entnervt die Stirn.

„Ich war die letzten zwei Stunden im Archiv. Dort läuft einem kein Mensch über den Weg."

„Was hast du ausgefressen, dass sie dir so eine Strafarbeit geben?"

„Frag Kendris. Sie ist heute verdammt mies drauf, alle gehen ihr aus dem Weg."

Francis hob erstaunt die Augenbrauen.

„So kenne ich sie gar nicht."

Ein Schatten zog über Bens Augen.

„Die Strigoi haben ihren Streifenpartner geschnappt, und fast hätten sie auch Kendris erwischt."

„Ben, wo bleibst du?", rief eine ungeduldige Stimme aus einer offenen Tür am Ende des Flures.

„Ich eile. Entschuldigt mich bitte, ich muss mir noch meinen letzten Anschiss abholen, bevor ich endlich Feierabend machen kann", sagte Ben ergeben und stiefelte mit ärgerlichen Schritten in Richtung offene Tür.

„Der Ärmste scheint ziemlich im Stress zu sein", meinte Dana belustigt.

„Kendris kann manchmal ziemlich herb sein."

„Wer ist Kendris?"

„Sie ist Oktavians rechte Hand, seit dein Vater im Elysion ist."

„Ist sie auch ein Vampir?"

Francis lächelte. „Nein. Sie ist eine Zentaurin."

Danas Augenbrauen schossen erstaunt nach oben. „Ich dachte, es gibt gar keine weiblichen Zentauren."

„Nur weil Menschen noch keine gesehen haben, heißt das noch lange nicht, dass es keine gibt."

Dana seufzte.

„Ich sehe schon, ich habe noch viel zu lernen. Wohin gehen wir eigentlich?"

„Erst einmal ins Büro der Kollegen. Mal sehen, ob die wissen, wo Oktavian steckt."

Sie bogen in den nächsten Gang ein und betraten das letzte Zimmer. An einem Schreibtisch in der Mitte des Raumes saß ein Mann und schrieb an einem Bericht. Langes, weißblondes Haar verdeckte sein Gesicht. Als Francis an die offene Tür klopfte, blickte er auf. Seine Gesichtszüge waren fein und ebenmäßig, beinahe zu apart für einen Mann. Seine langgezogenen Augen leuchteten grün wie frisches Moos, und in ihnen stand ein ironischer, fast durchtriebener Blick. Seine wohlgeformten Lippen verzogen sich zu einem Lächeln, als er Francis und Dana sah. Er erhob sich vom Schreibtisch. Er war verdammt groß, aber die Proportionen seines Körpers passten perfekt zu seiner Größe. Interessiert glitt sein Blick über Danas Gesicht und ihre Figur. „Jetzt wundert es mich nicht mehr, dass du freiwillig Krankenschwester gespielt hast, Francis. Du hättest mir ruhig sagen können, was für eine hübsche Patientin du hattest. Dann hätte ich dich gerne abgelöst", sagte er mit einem sehr herausfordernden Ton in der Stimme.

Der Blick, der Dana wieder streifte, war noch herausfordernder, und er verunsicherte Dana. Francis legte sanft die Hand auf ihre Schulter.

„Entspann dich wieder, Dana. Brionn raspelt gerne Süßholz. Er liebt einfach alle schönen Frauen. Aber leider musst du dich mit Danas Anblick begnügen, Brionn."

„Wie schade."

Wieder streifte Dana ein moosgrüner Blick, aber diesmal war er wesentlich zurückhaltender.

„Sie kann ihren Vater wirklich nicht verleugnen."

„In der Tat. Brionn, hast du Oktavian schon gesehen?"

„Er müsste jetzt in seinem Büro sein. Ich rufe kurz an."

Brionn setzte sich an die Schreibtischkante, strich sich erst einmal das volle, blonde Haar zurück, bevor er zum Hörer griff. Erstaunt stellte Dana fest, dass sein Ohr größer war als das normaler Menschen und nach hinten spitz zulief. Er war ein Elf! Kein Wunder, dass er so gut Süßholz raspeln konnte.

Kurze Zeit später standen Dana und Francis vor einer dunklen, edlen Holztür. Francis klopfte an. Als das „Herein" ertönte, öffnete Francis die dunkle Holztür und sie traten ein. Dunkle Holzregale mit Unmengen von Büchern säumten die mit einer dunkelroten Stofftapete bedeckten Wände. An den Fenstern hingen schwere, helle Vorhänge aus Samt. Links in einer Ecke stand ein alter Globus und an der Wand dahinter hingen zwei gekreuzte Krummsäbel. Mitten im Raum stand ein wuchtiger Schreibtisch aus einem dunklen Holz, das Dana nicht bestimmen konnte. Der Mann am Schreibtisch dimmte das Licht mit einer Fernbedienung heller und sah auf. Als

Dana sein Gesicht sah, drückte es sie beinahe in die Tür zurück. Er musste mindestens Anfang fünfzig sein, trug langes weißes Haar, das über seine Schultern fiel. In seinen hellen Augen lag ein aufmerksamer Blick. Dana bekam eine Gänsehaut, als sie in diese Augen sah. In ihnen lag nicht nur ungeteilte Aufmerksamkeit, sondern auch etwas anderes, etwas, das ihr unheimlich war. Er wirkte auf sie wie ein Magier aus längst vergangenen Zeiten, ein Magier, der keine Tricks brauchte. Oktavian verließ seinen Platz hinter dem Schreibtisch.

„Guten Abend, Francis", begrüßte er ihn.

Ein Lächeln glitt über sein ebenmäßiges Gesicht, als er Dana die Hand gab. So sah er schon wesentlich weniger furchteinflößend aus.

„So so, das ist also Daniels Tochter. Wie die Zeit vergeht. Als ich dich das letzte Mal gesehen habe, warst du noch ein kleines Kind. Du siehst deinem Vater sehr ähnlich. Francis sagte mir, dass du Daniel von dem Pflock befreien willst. Bist du dir sicher, dass du das schaffen kannst?"

Entschlossen und fest blickte Dana ihm in die Augen.

„Ich muss es schaffen. Er hat mir gesagt, dass nur ich den Pflock herausziehen kann."

„Er hat es dir gesagt?"

Dana nickte. „Ja, er hat über einen Traum Kontakt zu mir aufgenommen. Es… muss einfach klappen."

Die Stimme versagte Dana, sie spürte wieder Tränen in den Augen brennen und senkte den Kopf. Sie hob ihn erst wieder, als sie den Druck von Francis Hand auf ihrer Schulter spürte.

„Ich brauche seine Hilfe. Meine Mutter ist schwer krank, und sie braucht dringend sein Blut. Sonst – sonst wird sie sterben."

„Du würdest auch uns einen großen Dienst erweisen, wenn es dir gelingen würde, ihn zu befreien. Die Strigoi sind schon beunruhigend stark geworden."

Ein Schatten glitt über Oktavians Gesicht, als er das sagte.

„Sie haben uns große Verluste beigebracht. Der Weg zum Elysion ist sehr gefährlich, die Strigoi sind schon sehr weit vorgedrungen."

„Wir werden zusehen, dass wir möglichst viel am Tag unterwegs sind. Wenn wir morgen Vormittag aufbrechen, werden wir bis zur Dämmerung an Daniels Haus ankommen. Dort werden wir die Nacht verbringen und bei Tagesanbruch weiter zum Elysion fahren. So dürfte nichts passieren", antwortete Francis für Dana.

„Ich sehe es nicht gerne, dass sie sich in Gefahr begibt."

„Ich werde auf Dana aufpassen."

„Ich sehe es auch nicht gerne, wenn du das tust. Wir haben die letzte Zeit zu viele gute Wächter verloren."

„Aber Daniel ist unsere einzige Hoffnung. Er hat einige Zeit in Erzebets Nähe verbracht und kennt ihre Schwachstellen. Wenn es Dana gelingt, ihn von dem Pflock zu befreien, haben wir zumindest eine Chance gegen Erzebet und ihre Strigoi. Und Helena braucht dringend seine Hilfe. Wir müssen es versuchen", sagte Francis.

„Du hast Recht, Francis. Aber sie sind beinahe übermächtig. Wir haben alleine diesen Monat schon zwanzig Wächter an sie verloren."

Oktavians helle Augen verdunkelten sich und Dana spürte seinen Schmerz und seine Frustration über den Verlust seiner Leute.

„Dann müssen wir erst recht etwas tun" mischte Dana sich entschlossen ein. Oktavian warf Dana einen aufmerksamen Blick zu. Wieder verzogen sich seine Lippen zu einem Lächeln.

„Du hast viel von deinem Vater, Dana. Nun gut, ich sehe, ihr seid fest entschlossen. Bevor ihr das Gebäude verlasst, geht zu Kendris. Sie hat passende Verkleidungen für euch."

Francis nickte ihm zu, und sie wandten sich zum Gehen.

„Dana, warte noch", forderte Oktavian sie auf.

Überrascht drehten sie sich um. Oktavian ging an seinen Schreibtisch und holte etwas aus einer Schublade. Er kam zu ihr und drückte ihr etwas Silbernes in die Hand. Es war ein Dolch, der in einer kunstvoll verzierten Scheide aus Silber steckte.

„Dieser Dolch hat deinem Vater gehört. Er ist eine ganz besondere Waffe. In seinem Griff ist ein Hohlraum, in dem sich ein Fläschchen mit geweihtem Wasser befindet. Wenn du etwas davon auf die Schneide träufelst, ist das eine gute Waffe gegen Strigoi."

„So ein kleines Teil?"

Oktavian lächelte.

„Schon das geweihte Wasser alleine kann einen Strigoi eine Weile außer Gefecht setzen. Aber in Verbindung mit der versilberten Klinge des Dolches ist das absolut tödlich für einen Strigoi."

„Danke."

„Pass gut auf sie auf, Francis", sagte Oktavian mit einem Blick zu Francis. Dieser lächelte und nahm Danas Hand in seine.

„Das werde ich tun."

Oktavian nickte ihnen zu, und sie waren entlassen.

„Francis, was ist dieses Elysion?" fragte Dana, als sie wieder im Taxi saßen.

„Das ist der Ort, wohin die Seelen der Toten gehen. Dort werden sie von Lilith erwartet und von ihr in die andere Welt geführt. Dort liegen ja auch die gepfählten Vampire. Und es ist Liliths Zuhause, dort lebt sie mit ihrem Gefährten."

„Wer ist diese Lilith?"

„Sie ist eine Göttin, die die Menschen einst verehrt haben. Aber sie vergaßen sie, als ein neuer Glauben aufkam. Seitdem ist sie die Beschützerin der Wesen der Nacht und des Waldes. Willst du sie sehen? In der Stadtmitte steht eine Statue von ihr."

„Eine Statue?"

Francis lächelte.

„Ja. Lilith ist genauso real wie du und ich, wie Zentauren und Satyrn."

„Ich möchte sie gerne sehen. Und auch die Stadt. Haben wir so viel Zeit?"

„Wir fahren nicht vor morgen Vormittag. Wenn du nicht zu müde bist, können wir eine kleine Stadtführung machen", antwortete er und startete den Motor.

Sie fuhren durch dunkle Straßen, die sich so gar nicht von den Straßen in Danas normaler Welt unterschieden. Auch die Häuser sahen ganz normal aus. Francis bog nach rechts ab und parkte das Auto am Straßenrand. Sie stiegen aus und Dana sah sich neugierig um.

„Das sieht nicht viel anders aus als zu Hause", stellte sie erstaunt fest.

„Enttäuscht?"

„Nein. Vielleicht wird es ja noch anders, wenn wir weiter in die Stadt gehen."

Francis lächelte.

„Könnte sein."

Er trat neben sie und nahm ihre Hand in seine, als seien sie schon ewig ein Paar. Bald erreichten sie eine belebtere Straße. Gedämpftes Laternenlicht empfing sie. Auch hier sah es aus wie in einem ganz normalen Kneipenviertel, bis auf die Nachtschwärmer. Dana sah Satyrn leichtfüßig über das Straßenpflaster gehen, Zentauren, schlanke, anmutige Frauen und Männer, die geschmeidig wie Katzen wirkten, Leute mit

leuchtenden Augen und aristokratischen Gesichtszügen, große, schlanke Menschen mit spitz zulaufenden Ohren.

„Na, immer noch alles wie gehabt?"

„Das ist jetzt interessanter. Ich bin mal gespannt, wie Lilith aussieht. Ist es noch weit bis zu ihrer Statue?"

„Wir müssen nur noch um die Ecke gehen."

Sie bogen in eine Seitengasse ein und standen bald auf einem größeren Platz, in dessen Mitte eine große Statue stand. Es war die Statue einer Frau; sie war groß und schlank, und langes Haar umwallte ihr schmales, apartes Gesicht und ihre Schultern. Ihre Augen waren langgezogen wie die einer Katze, und ihre vollen Lippen schienen immerzu zu lächeln. Ihr geschmeidiger Körper war in ein mittelalterlich anmutendes Kleid gehüllt, und an ihrem Hals hing ein Kreuz an einer Kette. Sie war so schön, dass Dana nicht aufhören konnte, sie zu betrachten. Der Künstler, der diese Statue geschaffen hatte, musste ein Meister seines Faches gewesen sein, denn obwohl die Figur aus Stein war, wirkte sie so lebendig, als könne sie jederzeit vom Sockel steigen. Ihr Gesicht wirkte liebevoll, aber auch sehr entschlossen.

„Nun?", fragte Francis.

Dana zuckte erschrocken zusammen, so vertieft war sie in Liliths Anblick gewesen.

„Sie ist wunderschön", sagte sie leise. Wieder fiel ihr Blick auf die Statue und obwohl Liliths Augen aus Stein waren, fühlte Dana sich, als könnten diese tief in ihre Seele sehen, und sie fühlte sich geborgen wie bei einer Mutter.

„Dann warte mal, bis du sie in natura siehst."

„Das klingt, als hättest du sie schon selbst gesehen."

„Jeder neue Vampir bekommt zuerst sie zu sehen, wenn er aus der Totenstarre erwacht. Komm, lass uns gehen. Wir haben morgen noch eine lange Fahrt vor uns."

Kapitel 4

„Stimmt etwas nicht mit mir?", klang Francis Stimme amüsiert an Danas Ohr.

Sie wurde feuerrot. Sie hatte nicht damit gerechnet, dass er merkte, wie oft sie ihn von der Seite ansah.

„N-nein. Ich habe mich nur gefragt, wer dich verwandelt hat. War es Erzebet? Hat sie deine...ich meine, hat sie Martha getötet?"

Verdammt, Dana hätte sich auf die Zunge beißen können, nachdem ihr dieser Satz entwischt war. Francis warf ihr einen nachdenklichen Blick zu.

„Du – du musst es mir nicht sagen, wenn es dich zu sehr schmerzt", sagte sie heiser. „Es ist schon zu lange her, um noch zu schmerzen. Und ja, Erzebet hat mich verwandelt, aber sie hat Martha nicht getötet."

„Aber es war doch schon schlimm genug, dich zu verwandeln."

„Nein, das war es nicht. Ich habe sie darum gebeten."

Danas Augenbrauen schossen erstaunt nach oben.

„Du hast sie darum gebeten? Aber warum?" „Ich war schon auf der Schwelle zum Tod, aber ich sah noch, was die Strigoi Martha angetan hatten, und ich wollte ihren Tod rächen."

„Und dann hast du es auf dich genommen, einer von ihnen zu werden? Aber hattest du keine Befürchtungen, du könntest genauso wie diese Typen werden?"

„Nein, das nicht. Nicht alle Vampire sind blutgierige Monster. Aber vor allem für neue Vampire ist dieser

Durst nach Blut fast unerträglich, und dann lassen sie sich oft zu Dingen hinreißen, die für Menschenkinder absolut tödlich sind. Aber ich kannte Erzebet und deinen Vater, noch bevor ich ein Vampir wurde."

„Wie lernt man einen Vampir kennen außer als Blutspender?"

Francis lächelte. „Martha war eine Hexe und eine sehr gute Heilerin. Und sie half auch den Wesen der Nacht."

„Ich dachte, Vampire werden nicht krank."

„Na ja, Vampire sterben zwar nicht an Aids oder Schwindsucht oder sonstigem, aber auch Ihnen macht es zu schaffen, wenn sie krankes Blut getrunken haben. Und gegen diese
Problemchen half Martha ihnen."

„Wie lange ist das jetzt her?"

Francis runzelte nachdenklich die Stirn.

„Es war kurz nach meinem 24. Geburtstag...das ist jetzt 200 Jahre her."

„Ist das nicht ein seltsames Gefühl, nicht älter zu werden?"

„Naja, manchmal sehne ich mich schon danach, endlich mal 25 zu werden, aber es ist nun mal so wie es ist, ich bin nun mal ein Vampir und kein Mensch mehr."

„Kann man denn diese Verwandlung nicht rückgängig machen?"

„Es gibt für die Moroi einen Weg. Aber es ist so schwierig, dass ich das eher für ein Märchen halte."

„Was muss man tun?"

Francis warf Dana einen Seitenblick zu und lächelte.

„Willst du mich erlösen?"

„Wenn ich das könnte und du das wolltest, würde ich es zumindest versuchen. Also, was muss man tun?"

„Der Vampir muss zunächst die Liebe eines Menschenkindes gewinnen. Das ist schon schwer genug. Und dann muss er den Bluttausch machen."

„Was bedeutet das?"

„Er muss vom Menschen trinken und der Mensch von ihm. Und das Blut ist nicht die einzige Körperflüssigkeit, die ausgetauscht werden muss."

Zuerst sah Dana ihn verständnislos an, aber schnell verstand sie, was er meinte, und sofort brannten ihre Wangen wieder wie Feuer.

„Aha, ich sehe, du hast verstanden, was ich gemeint habe", sagte er belustigt und warf Dana einen herausfordernden Blick zu.

Sie schluckte die Verlegenheit hinunter.

„Und wenn man das alles geschafft hat, ist man kein Vampir mehr?"

„Ja. Aber gerade dann könnte es gefährlich werden. Nicht alle Vampire überleben diese zweite Verwandlung. Manchmal wird nur die Seele erlöst und der Körper stirbt. Deshalb müssen sich die Vampire, die so etwas vorhaben, ins Elysion begeben. In diesem Stadium sind sie sehr verletzlich, und Lilith möchte sich selbst um sie kümmern. Aber es gibt nicht viele Vampire, die die zweite Verwandlung durchmachen. Meistens scheitert es schon daran, überhaupt ein Menschenkind zu finden, das einen Vampir lieben kann."

„Mama hat mir erzählt, dass du es auch versucht hast", sagte sie vorsichtig.

Francis seufzte. „Ich bin Marthas Familie durch ganz Ungarn bis nach Deutschland gefolgt, aber nicht eine Frau aus ihrer Familie war in der Lage, einen Vampir zu lieben. Ihre Schwester nicht, deren Tochter nicht, niemand von ihnen. Das letzte Mal habe ich es bei deiner Mutter versucht. Ich habe mich ziemlich heftig in sie verliebt, aber sie hatte nur Augen für Daniel. Dann habe ich angefangen, mich mit meinem Leben als Vampir abzufinden. Und ich habe diese Geschichte mit der zweiten Verwandlung nur noch als Märchen betrachtet. Aber seit du hier bist, erscheint mir die Sache nicht mehr so abwegig. Du bist die erste Nachfahrin von Martha, die mich nicht abgelehnt hat."

Ein tiefblauer Blick streifte Dana und brachte ihr Herz zum Jagen. Er nahm ihre Hand und drückte einen sanften Kuss auf ihren Handrücken.

„Mein Gott, was sind das für Frauen, die dich abgelehnt haben? Selbst wenn ich wollte, könnte ich das nicht."

„Ich kann ziemlich furchteinflößend sein, wenn ich nicht rechtzeitig an meine Blutkonserven komme."

„Du nimmst Blutkonserven zu dir?"

„Ja. Ich hasse es, wie ein Raubtier die Gegend zu durchstreifen, auf der Suche nach Beute. Und ich hasse es, eine solche Bestie zu werden, ohne etwas dagegen tun zu können."

Er wollte ihr seine Hand entziehen, aber sie hielt sie fest.

„Du bist keine Bestie", sagte Dana fest.

„Du hast mich noch nicht gesehen, wenn ich in diesen Zustand komme. Und ich hoffe, du wirst mich nie so sehen."

Sie versanken wieder in Schweigen. Lange Zeit war das Dieselbrummen des Autos das einzige Geräusch. Sie fuhren durch gespenstisch leere Orte; überall sah man Spuren von Kämpfen und Zerstörung. Verdammt, warum tat Erzebet das? Und warum konnte man nicht gegen sie ankommen? So wie Francis zuvor erzählt hatte, war Erzebet nicht immer so gewesen. Sie war sogar mit ihrem Vater mehr oder weniger befreundet gewesen. Was hatte sie zu einer solchen Veränderung veranlasst? Wie war sie zu einer Strigoia geworden? Sie musste es wissen.

„Durch menschliche Dummheit, mehr oder weniger", beantwortete Francis Danas Frage.

„Man fing sie und ihren damaligen Partner und sperrte sie zusammen ein."

„Und sie konnten nicht aus ihrem Gefängnis heraus?"

„Nein, man hat sie eingemauert."

„Wieso sind sie nicht geflüchtet? Ich dachte, Vampire hätten so viel Kraft."

„Da überschätzt du uns ein wenig. Gegen eine dicke Mauer kommt auch ein Vampir nicht an. Zumindest kein Moroi. Ja, und der Durst nach Blut ist wohl für sie so unerträglich geworden, dass sie sich nicht mehr beherrschen konnten und übereinander hergefallen sind. Und viele Jahre, nachdem die beiden verschwunden waren, wurde diese Mauer bei Kämpfen eingerissen und die neuen Strigoi waren frei, und sie lehrten sämtliche Menschen dort das Fürchten. Wir konnten Erzebets Partner töten, aber es hat uns viel Zeit gekostet, sie aufzuspüren, und wir konnten sie nur mit einem Holzpflock außer Gefecht setzen."

„Dann war sie also in einem Dornröschen-Schlaf, mehr oder weniger. Aber sie hätte ja ewig dort liegen können. Wieso ist sie wieder erwacht?"

„Nun, ihre Burg ist recht nahe an der Menschenwelt. Dort gab es Sprengungen von alten Gebäuden, und durch die Erschütterung flog der Pflock aus ihrem Herzen und wir hatten hier die Misere. Das passierte kurz nach deiner Geburt. Und jetzt kontrollieren sie schon große Teile der Schattenwelt. Wir kommen nur am Tag zum Aufatmen, am Tag müssen die Strigoi ruhen, denn in der Sonne zerfallen sie zu Staub."

„Das ist ziemlich heftig", antwortete Dana und blickte nachdenklich zum Fenster hinaus.

Es war schon später Nachmittag und sie hatten das Elysion noch immer nicht erreicht. Bald würde es dunkel werden und dann würde es richtig gefährlich werden.

***

„Irgendetwas stimmt hier nicht", sagte Francis misstrauisch, als sie an dem kleinen Quartier der Wachposten stehenblieben.

„Normalerweise ist immer ein Posten draußen. Ich sehe mal nach."

„Ich komme mit. Ich habe keine Lust, alleine hier im Auto zu sitzen, wenn Strigoi mich überfallen könnten", antwortete Dana unmissverständlich.

Sie fühlte sich verdammt unbehaglich.

„Wie du willst."

Sie stiegen aus und gingen vorsichtig auf das Holzhaus zu. Die Tür war nur angelehnt und öffnete sich mit einem leichten Knarzen, als Francis dagegen stieß. In dem Haus sah es aus wie Kraut und Rüben. Der Schreibtisch war umgekippt, sämtliche Akten waren aus den Regalen gerissen worden und lagen wild verteilt auf dem Boden. Die Tür zum Nebenraum war leicht geöffnet. Dana öffnete sie noch weiter und sah im Dunkel des Raumes zwei reglose Körper liegen, die beide einen großen Pflock in der Brust stecken hatten. Mit einem entsetzten Aufschrei prallte Dana zurück. Sofort war Francis bei ihr. Er folgte ihrem Blick.

„Du hast sie also gefunden."

„Sind sie tot?", fragte Dana mit zitternder Stimme.

Francis trat in den Raum und kniete sich neben einen der zwei Männer.

„Nein, die Strigoi haben nur Holzpflöcke benutzt."

„Aber warum legen sie eure Leute nur lahm?"

„Sie verschleppen sie, um sie zu Strigoi zu machen und sie mit Erzebets Blut zu infizieren. So vergrößert sie immer wieder ihre Armee. Und wir haben sie überrascht. Wir müssen zusehen, dass wir es bis zum Taxi schaffen."

Leise bewegte er sich durch den Raum und spähte durch das Fenster. „Verdammt! Sie sind schon am Auto. Wir müssen auf der anderen Seite hinaus und dann die Beine in die Hand nehmen."

Francis wartete Danas Antwort nicht ab, sondern packte sie an der Hand und zog sie mit sich. Vorsichtig öffnete er die Hintertür.

„Hier hinten scheint die Luft rein zu sein. Los jetzt, zum Wald."

Als sie die ersten Bäume erreichten, blieb Francis endlich stehen.

„Dana, du musst verschwinden. Lauf durch den Wald. An dessen Ende ist das Haus deines Vaters. Dort bist du sicher", wies Francis sie an.

„Und du? Kommst du nicht mit?"

„Ich werde die Strigoi ablenken."

Danas Augen wurden groß und rund vor Entsetzen.

„Bist du verrückt? Das ist Selbstmord!", rief sie erschrocken aus.

„Besser sie erwischen nur einen von uns. Los, mach schon, die bemerken uns gleich."

„Ich lasse dich nicht allein!"

Ärgerlich zog Francis die Augenbrauen zusammen.

„Na gut. Wenn du nicht hören willst, musst du eben fühlen", pfiff er sie an und stieß sie grob ins Gebüsch. Dana rechnete nicht damit, dass es verdammt abschüssig und durch die nassen Blätter auf dem Waldboden ziemlich glatt war. Sie stürzte so schnell den Hang hinunter, dass sie nicht einmal schreien konnte. Erst ein dicker Baum bremste ihren Fall. Hart schlug sie auf dem Holz auf und es wurde dunkel um sie.

Es war beinahe unheimlich still, als Dana wieder zu sich kam. Sie lag am Fuß eines riesigen alten Baumes. Stöhnend richtete sie sich auf. Wie war sie hierhergekommen? Auf einmal fiel ihr alles wieder ein. Francis hatte sie ins Gebüsch gestoßen. Was war geschehen? Auf einmal fraß sich eine entsetzliche Angst in ihr Herz. Hatten die Strigoi ihn getötet? Oder noch schlimmer, hatten sie ihn schon verschleppt, um auch ihn mit Erzebets Blut zu infizieren? Sie brauchte dringend eine Antwort. Mühsam stand sie auf und arbeitete sich den ganzen Hang wieder hoch. Als sie oben war und durch die Zweige des großen Busches vor ihr blickte, sah sie Francis Taxi noch immer dort stehen. Etwas weiter weg sah sie zwei Männer, die irgendetwas in einen großen, schwarzen Lieferwagen trugen. Panisch sah sie sich nach Francis um, aber er war nirgends zu sehen. Sie schlich sich in Richtung Taxi und versteckte sich dahinter. Auf einmal sah sie etwas neben sich blinken. Es war das Kreuz, das Francis immer getragen hatte. Ihr Herz setzte kurz aus vor Angst. Er hätte es niemals abgelegt. Sie kroch hin, nahm es in die Hand und strich mit zitternden Fingern über die Edelsteine. Tränen brannten in ihren Augen. Was sollte sie nur tun? Auf einmal überkam sie ein heißer Zorn auf diese elenden Strigoi und ihre Fürstin. Es musste doch irgendeine Möglichkeit geben, Erzebet unschädlich zu machen. Sie steckte das Kreuz in ihre Jackentasche und legte frierend die Arme um ihren Körper. Da spürte sie etwas Hartes an den Rippen. Was war das? Dana griff in die Innentasche ihrer Jacke und holte ein Messer heraus. Genau, das Messer hatte Oktavian ihr gegeben. Es hatte ihrem Vater gehört.

„Im Dolchknauf ist ein Hohlraum. Dort ist ein Fläschchen mit geweihtem Wasser. Wenn man die Schneide damit einreibt, ist das eine wirkungsvolle Waffe gegen die Strigoi", hatte er ihr gesagt. Mit fliegenden Fingern untersuchte sie den Dolchknauf, fand tatsächlich einen Verschluss und öffnete ihn. Dort war ein Hohlraum, in

dem ein längliches Fläschchen lag. Die leicht bläulich schimmernde Flüssigkeit leuchtete geheimnisvoll unter dem Glas. Hatte dieses Wasser wirklich so viel Kraft? Dana schob die Frage energisch von sich. Das war das einzige Mittel, das sie hatte. Sie musste es versuchen. Aber zuerst musste sie irgendwie in diese Burg kommen.

Auf einmal hörte sie entfernt ein paar Stimmen. Sie blickte am Taxi vorbei und sah einen Mann auf das Auto zugehen. Bestimmt wollte er das Taxi mitnehmen. Sie musste es irgendwie schaffen, ihn abzulenken, damit sie ins Auto schlüpfen konnte. Ihr Blick fiel auf den großen Stein neben ihr. Sie nahm ihn in die Hand und schleuderte ihn so weit weg, wie es ging. Der Mann horchte auf und drehte vom Taxi ab. Rasch stand Dana auf. Hoffentlich war der Kofferraum geöffnet. Sie nestelte eine gefühlte Ewigkeit daran herum, bis er aufging. Dann kroch sie hinein und schloss ihn über sich. Kurz darauf bemerkte sie, dass jemand einstieg und das Auto startete.

Nach einer scheinbar ewig dauernden Fahrt hielt das Taxi endlich. Dana konnte ein paar Stimmen hören, die gedämpft zu ihr herüber klangen. Jetzt musste sie sehen, dass sie irgendwie aus dem Kofferraum kam. Aber wie sollte sie in die Burg kommen? Sie wusste ja nicht einmal, wohin sie Francis geschafft hatten. Wenn sie sich als Strigoia ausgab, die Erzebets Blut brauchte, um sich nicht zurück zu verwandeln? Sie seufzte schwer. Das war eine ziemlich verrückte Idee, aber die einzige, die Dana in den Sinn kam. Hoffentlich fand sich hier jemand, dem man einen solchen Bären aufbinden konnte. Dana fing an, heftig gegen das Blech des Kofferraums zu hämmern.

Nach einer gefühlten Ewigkeit trat endlich jemand an das Auto heran und öffnete den Kofferraum.

„Sieh mal einer an, ein blinder Passagier. Und ein verdammt heißer."

Es war noch ein recht junger Mann, der vor Dana stand. Seine hellblonden Haare leuchteten richtiggehend in der Dunkelheit. Sie lagen um ein feines, markantes Gesicht. Leuchtendgrüne Augen blickten Dana von oben bis unten an. Wenn nicht dieser scheußliche rote Ring um seine Iris gelegen hätte, wäre er verdammt attraktiv gewesen. Hoffentlich war er nicht so schlau wie er schön war. Dana setzte einen kühlen Blick auf.

„Du könntest mir heraus helfen, statt mich so anzustarren", giftete sie ihn an.

Er reichte ihr die Hand und half ihr aus dem Auto. Wieder glitt sein Blick über ihr Gesicht und ihren Körper und Dana fühlte sich verdammt unwohl in ihrer Haut. Aber dass sie ihm gefiel, musste sie für sich nutzen, sonst gab es kaum eine Möglichkeit, in die Burg zu gelangen.

„Ist aber nicht besonders nett, eine Frau wie dich in den Kofferraum zu sperren."

„Darauf nimmt dieser verdammte Portalwächter kein bisschen Rücksicht. Ich liege schon drei Tage in seinem verdammten Kofferraum. Wenigstens habt ihr ihn jetzt geschnappt."

Er warf ihr einen misstrauischen Blick zu.

„Bist du eine Strigoia?"

Dana lächelte. „Bis vor drei Tagen war ich es noch, und ich brauche dringend Blut von der Fürstin, damit ich mich nicht in die armselige Kreatur zurückverwandle, die

94

ich vor ihrem Biss war. Dieser elende Typ hat mich ziemlich lange ausgehungert. Wie ich ihn hasse! Habt ihr ihn getötet?"

„Nein. Erzebet wollte ihn unbedingt lebend. Sie scheint noch eine Rechnung mit ihm offen zu haben. Vielleicht will sie noch ein wenig Katz und Maus mit ihm spielen, bevor sie ihn verwandelt oder tötet. Bei ihr weiß man nie so genau."

„Ich will ihn sehen."

„Reicht es dir nicht, wenn ich dir sage, dass Erzebet ihn bestrafen wird?"

„Nein, ich will ihn mit eigenen Augen sehen. Bring mich zu ihm."

„Erzebet wird nicht erbaut davon sein", antwortete er unsicher.

Dana sandte ihm einen tiefen Blick zu. Hoffentlich war der verführerisch genug. Dazu schenkte sie ihm ein vielversprechendes Lächeln.

„Es soll dein Schaden nicht sein. Du bist ein verdammt heißer Typ, und ich könnte mir vorstellen, dass mit uns noch was laufen kann."

Er lächelte geschmeichelt und zog Dana mit seinen Blicken schon fast aus.

„Nun gut, aber nur weil du es bist. Wenn dich jemand erwischt, habe ich dir nichts gesagt."

„Ich werde den Mund halten."

Sie machten sich auf den Weg in die Burg, begleitet von einigen neugierigen Blicken, aber zum Glück stellte niemand Fragen. In der großen Halle der Burg erschauerte Dana. Es lag eine so drohende und düstere Stimmung über diesem riesigen, kaum beleuchteten Raum, dass sie am liebsten davongelaufen wäre. Sie durchquerten die Halle und bogen dann links in einen Gang ein, der nur spärlich mit Fackeln erleuchtet war. Der Blonde führte Dana noch eine große Steintreppe hinauf.

„Am anderen Ende des Ganges ist das Zimmer. Lass dich nicht erwischen. Ich will noch etwas von dir haben heute Nacht."

Er lächelte noch einmal in der Gewissheit, dass ihn heute noch eine heiße Nacht erwartete. „Da werde ich dich leider enttäuschen müssen", dachte Dana, als er ihr den Rücken zudrehte und wieder nach unten ging. Verstohlen sah sie sich um und schlüpfte dann in das Zimmer. Dort sah sie ein großes Bett, auf dem jemand lag. Als sie herantrat, erkannte sie Francis. Dort lag er, seine Augen waren geschlossen, und er rührte sich nicht. Dana zuckte heftig zusammen, als sie den großen Holzpflock aus seinem Herzen ragen sah. Tränen brannten in ihren Augen.

„Was haben sie nur mit dir getan, Francis?"

Verdammt, es war wirklich Wahnsinn gewesen, was er getan hatte. Warum hatte sie ihn nicht eher gefunden? Vielleicht hätte sie das hier verhindern können. Sie legte die Hand um den Pflock und versuchte mit aller Kraft, ihn heraus zu ziehen, aber er saß so fest, dass es ihr nicht gelang. Diese verdammte Erzebet! Eigentlich hätte Dana sich sofort auf die Suche nach ihr machen müssen, um sie büßen zu lassen für diese Abscheulichkeit. Aber sie konnte sich nicht losreißen. Francis Gesicht war noch blasser als sonst und das schwarze Haar, das sein Gesicht umgab, verstärkte diesen Eindruck noch. Wie bleich seine Lippen waren! Aber sie waren noch immer voll und sinnlich, die Mundwinkel waren leicht nach oben geschwungen, als würde er im Traum lächeln. Sie streckte die Hand aus und fuhr mit den Fingerspitzen sanft die Linie seines Gesichtes nach und dann kamen die Tränen und ließen alles verschwimmen.

Dana wusste nicht, wie lange sie dort gesessen hatte und Francis betrachtet hatte, als die Tür aufging. Erschrocken fuhr sie zusammen und blickte auf.

„Was tust du hier? Du bist keine Strigoia!"

In der Tür stand ein Strigoi, sein Gesicht lag noch im Schatten und Dana konnte nicht erkennen wer es war. Jedenfalls war es nicht der Mann, dem sie vorgegaukelt hatte, sie sei eine Strigoia. Sie sprang auf.

„Woher willst du das wissen?", fragte sie trotzig zurück.

„Eine Strigoia weint nicht." Der Mann trat aus dem Schatten, und Dana wurde starr vor Schreck. Es war der rattengesichtige Mann, der sie damals als Kind schon hatte töten wollen. Ohne dass Dana es wollte, kroch die Angst in ihr hoch. Wohin sollte sie flüchten? Sie versuchte einen Spurt nach vorne, aber er war pfeilschnell und packte sie schmerzhaft am Haar. Ein schreckliches Lächeln glitt über seine schmalen Lippen, als er sie erkannte.

„Was haben wir denn da für ein Vögelchen? Daniels kleine Tochter, sein Ein und Alles. Nun kannst du an der Stelle deines Vaters für seinen Ungehorsam bezahlen", sagte er kalt.

Ein leiser Spruch kam über seine Lippen, und sofort spürte Dana eine schmerzhafte Eisenfessel an ihrem linken Fuß. Der Rattengesichtige nahm die Kette, die an der Fessel hing, und befestigte sie an einem Ring in der Burgwand.

„Ich werde Erzebet sofort berichten, was uns ins Netz gegangen ist."

Ein höhnisches Lachen erklang, und dann fiel die Tür ins Schloss.

Auf einmal durchströmte Dana ein so heftiges Gefühl des Hasses auf diese Erzebet und ihre verdammten Strigoi, dass sie beinahe keine Luft bekam. Sie sollten büßen! Aber wie sollte Dana das nur bewerkstelligen? Die einzige Waffe, die sie hatte, war der Dolch ihres Vaters. Sie holte ihn aus ihrer Jackentasche, öffnete den Verschluss des Griffes und nahm das Fläschchen heraus. Die leicht bläulich schimmernde Flüssigkeit leuchtete geheimnisvoll unter dem Glas. Ob sie aber auch wirklich half? Dana entkorkte das Fläschchen und ließ ein paar Tropfen davon auf jeder Seite über den Dolch laufen. Wie harmlos diese Tropfen die silberne Klinge herunterliefen. Aber sie tropften nicht auf den Boden, im Gegenteil, das Metall der Klinge schien die Flüssigkeit regelrecht aufzusaugen. Hatte dieses Wasser wirklich so viel Kraft? Dana schob die Frage energisch von sich. Das war das einzige Mittel, das sie hatte. Sie musste es versuchen. Was aber, wenn Erzebet sie überwältigte? Auf einmal kam Dana eine Idee. Sie schüttete sich einige Tropfen der Flüssigkeit in die Handfläche und verteilte sie auf ihrem Hals. Das Wasser brannte wie Feuer auf ihrer Haut. Dann setzte sie

98

das Fläschchen an den Mund und ließ etwas Wasser ihre Kehle hinunterlaufen. Auch das brannte so schmerzhaft, dass sie beinahe das Fläschchen hätte fallen lassen. Sie verschloss das Fläschchen sorgfältig und steckte es so in die Jackentasche, dass sie im Notfall sofort zugreifen konnte. Kurz darauf ging die Tür.

„Oh, wen haben wir denn da?", erklang eine dunkle, boshafte Frauenstimme.

Dana sprang auf. In der Tür stand Erzebet. Dana überfiel ein heftiges Gefühl des Grauens. Erzebet war wohl einmal eine sehr schöne Frau gewesen, mit ebenmäßigen Gesichtszügen und schönen, vollen Lippen. Doch zweihundert Jahre Hass und Grausamkeit hatten ihr Gesicht zu einer boshaften, grauenvollen Maske entstellt, und ihre Augen waren glühende Kohlen, umrahmt von einem grauenhaft roten Kreis um die Pupille. Dana stand langsam auf.

Ein Lächeln glitt über Erzebets Lippen. Aber es verhieß nichts Gutes.

„Das ist also Daniels Tochter. Du bist ihm wie aus dem Gesicht geschnitten."

Sie streckte die Hand aus und berührte Danas Gesicht. Ihre Finger waren so kalt, dass Dana bis ins Mark erschauerte. Wütend fegte sie die Hand weg.

„Fass mich ja nicht an!", zischte sie Erzebet entgegen.

Deren Augenbrauen zogen sich ärgerlich zusammen.

„Genauso starrsinnig wie er. Aber das wird dir nichts nutzen. Ich werde dich an seiner Stelle bezahlen lassen für das, was er getan hat. Und dein Freund Francis wird dir so gar nicht helfen können. Wenn er erwacht und dich tot hier liegen sieht, wird er mir folgen wie ein Hündchen."

Erzebet packte Dana hart an den Schultern.

Sie maß Dana mit ihrem glühenden, aber dennoch eiskalten Blick. Sie roch so heftig nach Fäulnis, dass es Dana beinahe den Magen umdrehte. Zitternd schlossen sich ihre Lider. Dann spürte sie Erzebets lange Fangzähne über ihren Hals streichen, auf der Suche nach der Schlagader. Erzebet wollte schon ihre Zähne in Danas Hals versenken, als sie irritiert von ihrem Hals abließ. Das war Danas Chance. Ihre Hand glitt in die Jackentasche und sie stippte den Korken des Fläschchens herunter. Sie hob den Arm und schüttete Erzebet den Inhalt des Fläschchens ins Gesicht. Ein scheußlicher Schmerzensschrei entfuhr ihr. Dana nutzte Erzebets Orientierungsschwierigkeiten, nahm den Dolch zur Hand und stieß ihn bis zum Heft in ihre Brust.

„Elende! Was tust du da? Das brennt heißer als die Hölle!", rief Erzebet heiser und griff sich an die Brust, um den Dolch herauszuziehen, doch er saß so fest, dass sie ihn nur noch tiefer in ihr Herz stieß. Dana fühlte sich schwach und müde, aber dennoch konnte sie triumphierend lächeln.

„Der Dolch war in geweihtes Wasser getaucht, meine Liebe. Was sagst du nun?"

Doch Erzebet konnte nicht mehr antworten. Mit wachsendem Entsetzen beobachtete Dana, wie diese immer älter und älter zu werden schien, ihr ganzes Gesicht war in kürzester Zeit alt und zerfurcht. In rasender Schnelle löste sich ihr Körper auf und zerfiel zu schwarzem Staub.

Und dann lagen nur noch ihre Kleider auf dem Teppich. Auf einmal fühlte Dana sich unendlich müde. Sie sank an der Wand hinunter auf den Boden und fiel in unendliches Dunkel.

Nach einer gefühlten Ewigkeit erwachte Dana von einem leichten Lufthauch, der um ihre Wange strich. Mit Mühe öffnete sie die Augen und sah einen bläulichen Schein über ihrem Gesicht. Was war das? Auf einmal schälten sich Gesichtszüge und die Andeutung eines Körpers aus dem bläulichen Leuchten und Dana erkannte überrascht Erzebets Gesicht.

„Erzebet?", fragte sie ungläubig.

„Ja, ich bin es."

„Aber du bist doch tot."

Es war tatsächlich Erzebet, aber ihr Gesicht war völlig frei von Hass und Boshaftigkeit. Jetzt lächelte sie, ein so schönes und befreites Lächeln, dass Danas Herz heftig gegen ihre Rippen schlug.

„Ich danke dir, dass du mich erlöst hast."

Dana sah sie fragend an.

„Erlöst?"

„Der Tod ist der einzige Weg zur Erlösung für einen Strigoi. Aber bevor ich zu Lilith gehe und sie mich ins Reich der Seelen führt, werde ich euch helfen. Steh auf, mein Kind, wir müssen Francis den Pflock aus dem Herzen ziehen."

„Aber ich habe es versucht, und es ist mir nicht gelungen."

Erzebet lächelte wieder.

„Aber ich kann es. Du musst mich nur in deinen Körper lassen, als Seele habe ich keine körperliche Kraft."

Dana erzitterte. So etwas hätte sie vor kurzem nicht für möglich gehalten und sie hatte Angst. Aber andererseits wollte sie Francis helfen.

„Gut. Tue es, Erzebet." Erzebet hieß Dana sich neben Francis an das Bett zu setzen und die Augen zu schließen. Kurze Zeit später spürte Dana, wie ein kühler Lufthauch sich in ihren Körper bewegte, und als sie die Augen öffnete, hatte sie das Gefühl, nicht durch ihre eigenen Augen zu sehen. Ihre Hand, die ein bläuliches Leuchten umgab, bewegte sich auf Francis Brust zu, zog mit Leichtigkeit den Pflock aus seinem Herzen und ließ ihn neben sich das Bett fallen. Kurz darauf verließ Erzebet Danas Körper.

„Zieh meine Kleider an, Dana, und bleib hier bei Francis. Ich werde die anderen Strigoi ablenken."

Das bläuliche Leuchten wandte sich der Tür zu.

„Erzebet?"

Sie drehte sich um.

„Danke, dass du Francis geholfen hast."

Erzebet seufzte.

„Es ist das mindeste, was ich tun kann, um den Schaden wieder gut zu machen, den ich angerichtet habe."

„Die Menschen, die euch damals eingesperrt haben, haben auch ihren Teil dazu beigetragen."

Erzebet lächelte noch kurz, und dann war sie verschwunden. Dana sprang auf, las Erzebets Kleider zusammen und zog sich um. Dann setzte sie sich zu Francis. Keine Sekunde zu früh. Flatternd öffneten sich seine Augen.

„Erzebet?", murmelte er heiser.

Dana lächelte.

„Nein, Francis, ich bin es, Dana."

Verwirrt richtete er sich auf. Jetzt erst sah Dana die tiefen Schatten, die unter seinen Augen lagen, und seine Haut war noch blasser als die eines Toten. Gesund sah anders aus, aber wenigstens lebte er noch.

„Warum hast du ihre Kleider an?"

„Erzebet ist tot, Francis."

„Aber wer..."

„Ich habe es getan."

„Du bist ein Teufelsweib! Und verdammt ungehorsam", antwortete er leise und versuchte ein Lächeln.

„Ich war schon immer ein Dickkopf. Komm, lass uns verschwinden. Ich weiß nicht, wie lange sie die anderen ablenken kann."

Kapitel 5

Francis brachte das Auto zum Stehen. „Dana, bitte fahr du. Ich sehe nur noch Sternchen" sagte er heiser.

„Du siehst auch nicht gerade gesund aus."

Schnell tauschten sie die Plätze. Dana schaffte es sogar, das Auto zu starten, ohne den Motor gleich absaufen zu lassen. Langsam setzte das Taxi sich in Bewegung.

„Du musst nur geradeaus fahren, bis der Wald zu Ende ist. Dort steht das Haus deines Vaters. Dort sind wir sicher vor den Strigoi."

„Wirklich?"

Francis nickte langsam.

„Um dieses Grundstück gibt es einen Graben, der mit geweihtem Wasser gefüllt wurde. Dort können sie nicht eindringen."

Nach einer Fahrt durch den düsteren Wald, die eine gefühlte Ewigkeit dauerte, sah Dana endlich ein Haus am Straßenrand auftauchen. Sie bog ab und kam vor einem schmiedeeisernen Tor zum Stehen. Francis sagte etwas Unverständliches, und das Tor öffnete sich wie von Geisterhand. Dana fuhr hindurch und parkte das Auto vor dem Haus. Sie stiegen aus, und vor der Haustür murmelte Francis wieder etwas Unverständliches, und sie öffnete sich. Als sie im Haus waren, verschloss er die Tür in gleicher Weise. Dana hatte ein halb verfallenes Haus erwartet, aber in diesem Herrenhaus war alles so gepflegt, als würde wirklich noch jemand hier wohnen. Francis öffnete eine Tür, und sie standen bald in einem großen

Wohnzimmer. Er ließ sich auf den erstbesten Zweisitzer fallen und schloss erschöpft die Augen. Dana setzte sich zu ihm und betrachtete ihn besorgt. Seine Augenlider öffneten sich mühsam.

„Dana, bitte halte dich fern von mir. Ich weiß nicht, wie lange ich es noch aushalte, dein süßes Blut zu riechen und nicht über dich herzufallen", sagte er fast tonlos.

Seine Augen hatten sich gelblich verfärbt, und sein Atem kam nur noch stoßweise.

„Francis, du weißt, dass sie die Blutkonserven gestohlen haben. Du musst mein Blut nehmen. Bitte tu es, ich habe nichts dagegen", antwortete Dana und ärgerte sich, dass ihre Stimme so zitterte.

Seine Hand zitterte genau so, als er ihre Haare zurück strich. „Dana, ich habe Angst. Ich habe so viel Blut verloren. Ich könnte in einen Blutrausch geraten und dich töten. Das will ich nicht."

Dana berührte sanft seine Hand auf ihrer Wange.

„Es gibt aber keinen anderen Blutspender. Bitte, nimm endlich mein Blut, bevor es zu spät ist."

„Ich kann dich nicht beißen", widersetzte er sich. Verdammt, was sollte Dana nur tun? Auf einmal fing ihre Werwolf-Wunde an der Schulter wieder an zu schmerzen. Das war es.

Sie öffnete hastig die ersten Knöpfe der Bluse und riss mit Schmackes das Pflaster herunter. Es riss noch den Grind um die Wunde mit herunter, und Dana hätte vor Schmerz beinahe aufgeschrien. Aber wenigstens kam ein bisschen Blut. Endlich kam Leben in Francis. Er richtete sich mühsam auf. Seine Nasenflügel bebten und er sog tief die Luft ein, als wolle er auch den letzten Rest des süßen Geruches des Blutes in sich aufnehmen.

„Riechst du es, Francis?", hauchte Dana. „Das ist warmes, süßes Blut. Bediene dich."

Wie anders ihre Stimme klang, so dunkel und schwer; so kannte Dana sich gar nicht. Sie lehnte sich zurück und präsentierte Francis ihren Hals. Nervös pulsierte das Blut in der Hauptschlagader und genauso nervös hämmerte Danas Herz gegen ihre Rippen. Seine Augen waren jetzt gelblich wie die Augen einer Katze auf Beutezug, und sein schwerer Atem zeigte ihr, dass er sich nicht mehr lange beherrschen konnte. Er packte sie mit erstaunlicher Kraft an den Schultern, und als er den Mund öffnete, schossen zwei scharfe, weiße Eckzähne aus seinem Oberkiefer.

„Bitte schließ die Augen. Du sollst mich nicht so sehen", sagte er leise, aber mit solchem Nachdruck, dass Dana sofort gehorchte.

Sein Atem traf kühl ihre Haut, und sanft kratzten die Reißzähne an ihrem Hals, bis sie die Schlagader fanden. Dana zuckte zusammen, als er die Zähne so weit in ihren Hals stieß, dass seine Lippen die weiche Haut berührten. Der Schmerz war kurz und heftig und hielt nur so lange an, bis seine Reißzähne ihre Haut wieder verließen. Heftig schlug ihr Herz gegen ihre Rippen, als er anfing, das Blut anzusaugen. In Danas Halsschlagader fing es an, heftig zu rauschen und zu pochen. Je mehr er sich entspannte, desto heftiger reagierte ihr Körper. Rote Ringe tanzten vor Danas Augen, und sie fühlte sich seltsam schwach.

"Francis, bitte hör auf, du bringst mich um!", flüsterte sie mit erstickter Stimme, aber er reagierte nicht. Mit aller Kraft stemmte sie sich gegen ihn, bis der Druck seiner Lippen schwächer wurde. Nach einer gefühlten Ewigkeit ließ er Dana endlich los. Zitternd öffnete sie die Augenlider. Seine Lippen waren verschmiert mit dunkelrotem Blut und aus seinem Mundwinkel flüchtete ein Tropfen Blut, den er sofort mit der Zunge auffing. Sein Gesicht wirkte wieder so menschlich wie zuvor, aber in seinen Augen stand noch immer dieser gelbliche Raubtierton, obwohl langsam das Blau wieder die Herrschaft übernahm. Er beugte sich nochmals über Dana.

"Bist... du noch nicht satt?", fragte sie mit zitternder Stimme.

"Ich muss die Blutung stoppen. Oder willst du verbluten?", antwortete er heiser.

Dana sah an sich herunter. Ihr Dekolleté war voller Blut, das sich langsam in den Ausschnitt der hellen Bluse fraß. Und Dana spürte noch immer warmes, feuchtes Blut über Ihren Hals rinnen. Er beugte sich weiter hinunter und leckte das Blut von ihrem Dekolleté. Seine Lippen kitzelten auf ihrer Haut und entlockten ihr einen unfreiwilligen Seufzer, doch als er der Bisswunde näher kam, zuckte sie zusammen. Zart und weich landeten seine Lippen auf ihrem Hals. Als seine Zunge die Bissmale berührte, durchzuckte Dana ein scharfer Schmerz, und dann fing die Wunde an, sich zusammenzuziehen.

„Danke", klang seine Stimme schwer und dunkel an Danas Ohr.

„Ist schon gut", antwortete Dana mit schwerer Zunge.

Sie versuchte aufzustehen, aber ihre Knie waren so wacklig, dass sie wieder ins Polster zurücksank.

„Ich glaube, wir sollten uns mal ein wenig aufs Ohr legen", klang Francis Stimme sanft an Danas Ohr. Er stand auf und zog sie hoch. Die paar Schritte bis zum Schlafzimmer erschienen Dana wie eine Ewigkeit. Sie bekam gerade noch mit, dass sie auf eine weiche Matratze sank und Francis sich neben sie legte. Sie wandte sich um, und ihr Kopf landete sanft auf seiner Schulter. Und dann fiel sie in ein wohltuendes Dunkel.

***

Ein heftiges Durstgefühl weckte Dana. Sie wollte sich aufrichten, doch etwas Schweres auf ihrer Hüfte hinderte sie daran. Es war Francis Arm, der auf ihrer Hüfte lag. Vorsichtig schob sie seinen Arm von ihrem Körper, um ihn nicht zu wecken. Mit einem leichten Seufzen drehte er sich auf den Rücken, aber er wachte nicht auf. Er sah so friedlich und entspannt aus, dass Dana nicht aufhören konnte, ihn anzusehen. Sein Gesicht war noch immer blass, aber seine Lippen hatten wieder Farbe angenommen, und sie waren so voll und rosig, dass Dana den heftigen Wunsch verspürte, sie zu küssen. Aber sie wollte ihn nicht wecken. Sanft und vorsichtig schob sie eine schwarze Haarsträhne zur Seite, die Francis ins Gesicht fiel. Leise stand sie auf und machte sich auf die Suche nach dem Badezimmer. Schon nach der nächsten Tür wurde sie fündig. Sie drückte den Lichtschalter. Das gedämpfte Licht warf einen sanften, fast surrealen

Schimmer auf den Spiegel mit dem messingfarbenen, verschnörkelten Rahmen. Sie drehte den vergoldeten Wasserhahn auf und schaufelte sich erst einmal eine Ladung Wasser ins Gesicht. Wo gab es hier ein Handtuch? Sie öffnete den nächsten Schrank und fand dort, was sie suchte. Sie drehte den Wasserhahn wieder auf und trank durstig das angenehm kalte Wasser. Dann erst wagte sie einen Blick in den Spiegel und zuckte erschrocken zurück. Leuchtende, honigfarbene Augen blickten sie an. Es waren ihre eigenen Augen, die da leuchteten. Dana wandte den Blick ab und ging leise wieder ins Schlafzimmer zurück. Francis schlief noch immer. Sollte sie sich auch noch einmal hinlegen? Aber sie war hellwach, schlafen konnte sie sowieso nicht. Sie seufzte leise und trat ans Fenster. Draußen war Vollmond, und er tauchte den Garten und die großen Bäume am Zaun in ein silbernes Licht. Leicht bewegten sie sich im Nachtwind. Draußen war alles ruhig und friedlich.

„Hallo, Dana", drang eine dunkle Stimme in ihr Bewusstsein.

Sie zuckte erschrocken zusammen und fuhr herum. Francis stand vor ihr.

„Habe ich dich doch geweckt?"

„Nein, du hast dich heraus geschlichen wie eine Katze."

„Wie geht es dir?", Francis lächelte.

"Ich fühle mich wie nach einem Rausch, aber sonst geht es mir gut. Und du?"

„Ganz gut."

Danas Blick fiel zufällig auf den großen Blutfleck auf seinem Hemd, und auf einmal wurde sie sich bewusst, wie knapp sie beide dem Tod entronnen waren, und sie fröstelte. „War ziemlich heftig heute in der Burg", holte Francis Stimme sie aus ihrer Starre.

Sie blickte auf. Francis stand die Erinnerung an die schrecklichen Ereignisse in Erzebets Burg noch deutlich ins Gesicht geschrieben. Auf einmal tauchte wieder dieses Bild vor Danas innerem Auge auf, als Francis dort gelegen hatte mit diesem entsetzlichen Holzpflock in der Brust, und wie hilflos sie sich gefühlt hatte. Tränen traten in ihre Augen, ohne dass sie es verhindern konnte.

„Was ist mit dir, Dana?"

„Was du getan hast, war Wahnsinn, Francis. Ich hatte solche Angst um dich."

Leicht legte Francis die Hände um Danas Taille und zog sie an seinen Körper. Sanft strich seine Hand über ihr Haar.

„Das ist jetzt vorbei. Du hast dafür gesorgt, dass dieser Alptraum endlich ein Ende hat. Und deinem Dickkopf habe ich es zu verdanken, dass ich noch lebe."

Dana blickte auf.

„Das war in allerletzter Minute. Du darfst so etwas nie wieder tun. Versprich mir das, Francis."

Er lächelte und berührte mit den Fingerspitzen zart ihre Wange. „Das ist ja jetzt nicht mehr nötig. Du solltest das so schnell wie möglich vergessen."

Dana seufzte. „Wenn das nur so einfach wäre."

„Dann lass dich ablenken."

Seine Stimme war dunkel und sinnlich, sodass Dana unwillkürlich aufblickte. Wie blau seine Augen waren, und in ihnen stand so viel Zuneigung, aber auch Verlangen, dass ihr der Atem stockte. Sein Gesicht war so nahe, dass sie seinen Atem auf ihrem Hals spürte. Dana schloss die Augen und erwartete seinen Kuss. Doch auf einmal schob sich ein Bild vor ihre Augen, das Bild ihrer Mutter, wie sie so schwach und krank in diesem Krankenhausbett lag und sie mit ihren großen, grünen Augen hilfesuchend ansah.

„Ich – ich kann nicht, Francis", sagte sie rau, wand sich aus seinen Armen und lief hinaus.

Doch sie kam nur bis ins Bad. Verweinte Augen blickten ihr aus dem Spiegel entgegen. Jetzt hatte sie nicht nur die Sorge um ihre Mutter, jetzt hatte sie es sich bestimmt auch mit Francis verdorben. Tränen stürzten aus Danas Augen und ließen ihr Spiegelbild verschwimmen.

„Dana?", hörte sie nach einer gefühlten Ewigkeit Francis Stimme hinter sich. Sie richtete sich auf und wischte sich die Tränen aus den Augen.

„Tut mir leid", sagte sie leise.

Sanft legte er die Hände auf ihre Schultern. „Da gibt es nichts zu verzeihen. Du machst dir Sorgen um Helena?"

Dana seufzte schwer.

„Ich würde am liebsten sofort losfahren und Papa befreien", gab sie zu.

„Es wäre dumm, heute Nacht noch aufzubrechen. Auch wenn die Strigoi jetzt keine Führerin

mehr haben, sind sie immer noch gefährlich. Und dann wäre Daniel und Helena nicht geholfen."

„Aber was ist, wenn Mama stirbt?"

„Sie wird nicht sterben, Dana. Sie ist eine sehr starke Frau. Und sie will, dass du glücklich bist. Das will ich auch. Lass uns heute Nacht unsere Sorgen vergessen."

„Das klingt sehr verführerisch", antwortete Dana rau.

„Dann entspann dich und lass dich verführen."

Francis Stimme war so dunkel und sinnlich, dass sich ihr Körper unwillkürlich entspannte und gegen seinen lehnte. Sofort umfing Dana sein intensiver Lilienduft, sodass auch der letzte Widerstand von ihr wich. Seine rechte Hand glitt von ihrer Schulter hinunter, legte sich sanft vorne um ihren Oberkörper und zog sie noch näher an seinen Körper. Leicht schob seine andere Hand ihr Haar zur Seite, seine Lippen streiften ihre Schläfe und strichen weiter über ihre Wange und ihren Hals. Als sie die Bissspuren auf ihrem Hals erreichten, fuhr sie zusammen.

„Tut das noch so weh?", klang Francis Stimme dunkel und rau an ihr Ohr.

„Nein. Das fühlt sich gut an", antwortete sie heiser.

Wie fremd ihre Stimme klang; so dunkel und sinnlich. Seine Hand verließ ihre Schulter und strich unter ihrem Arm in Richtung ihres Dekolletés. Die oberen zwei Knöpfe ihrer Bluse waren noch einladend geöffnet; er öffnete den dritten und ließ seine Hand unter den dünnen Blusenstoff gleiten. Sanft umschloss seine Hand ihre rechte Brust, und obwohl der BH sie noch verhüllte, schwoll sie an, und ihre Brustwarze drückte sich hoch aufgerichtet gegen den störenden Stoff. Sein Unterarm drückte gegen ihre linke Brust; schon dieser sanfte Druck reichte, um sie genau so heiß zu machen wie die rechte. Wieder berührten seine Lippen ihren Hals, seine Zunge

112

kreiste sanft über das Bissmal und entlockte Dana einen tiefen Seufzer. Seine rechte Hand, die bis jetzt noch sanft ihren Oberkörper gehalten hatte, wanderte weiter hinunter, unter die Bluse und öffnete ihren Hosenknopf. Seine Fingerspitzen glitten unter ihren Slip und wagten sich weiter bis in die Tiefen ihres Schoßes, der augenblicklich aufblühte wie eine Rose, als er ihren empfindlichsten Punkt erreichte. Sobald seine Lippen ihren Hals verließen, verließ seine Hand auch ihren Schoß und er drehte sie sanft zu sich um. Die Lust hatte seine Augen dunkelblau verfärbt und in seinem Blick lag so viel Liebe und Leidenschaft, dass Danas Herz heftig gegen ihre Rippen schlug. Ihre Hände strichen seine Brust hinauf, und als sie unter seinem Haar seinen Nacken berührten, spürte Dana eine Gänsehaut über seine Haut kriechen. Seine Lippen waren halb geöffnet und so einladend, dass sie sie unbedingt küssen musste. Wie weich seine Lippen waren – und so zärtlich, dass ihr sämtliche Schauer über den Rücken liefen. Er öffnete ihre Bluse noch weiter und ließ sie achtlos zu Boden gleiten. Immer wieder fanden sich ihre Lippen und spielten ein immer heißeres Spiel miteinander.

„Komm ins Bett, Dana", klang seine Stimme dunkel an ihr Ohr.

Francis wartete ihre Antwort nicht ab, sondern nahm ihre Hand und führte sie ins Schlafzimmer. Er setzte sich auf das Bett und zog Dana zwischen seine Beine. Seine Fingerspitzen glitten über die Rückseite ihrer Oberschenkel und blieben kurz auf ihrem Hinterteil liegen, bevor er sich daran machte, ihre Jeans weiter zu öffnen. Mit einem leisen Schnurren glitt der Reißverschluss hinunter. Francis zog Dana noch näher zu sich heran, und schon sehr bald spürte sie seinen Atem kühl auf ihrem Bauch. Seine Zunge strich so zart um Danas Bauchnabel herum, dass sie überall eine Gänsehaut bekam. Es wurde ihr so heiß, dass sie unbedingt mehr Stoff loswerden musste. Sie schob Francis Hände von ihren Hüften. In Höchstgeschwindigkeit lag ihre Jeans neben dem Bett, und sie nahm Platz auf seinem Schoß. Wieder trafen sich ihre Lippen zu einem heißen Kuss. Ungeduldig zog Dana das Hemd aus seinem Hosenbund, doch als ihre Hände die obersten Knöpfe des Hemdes erreichten, fiel ihr Blick wieder auf den blutverschmierten Stoff, und sie zögerte. Fragend sah Francis sie an.

„Ich habe Angst, diese schreckliche Wunde zu sehen", sagte sie heiser.

Er lächelte. „Es fühlt sich nicht so an, als sei dort noch eine Wunde. Sieh nach." Mit zitternden Fingern öffnete sie Knopf für Knopf seines Hemdes und zog es ihm aus. Erstaunt prallte sie zurück. Auf seinem Oberkörper war nicht einmal die Spur einer Verletzung zu sehen.

„Nun?"

„Wie… kann das sein?"

Sanft strichen Francis Fingerspitzen über ihr Gesicht. „Du bist ein Halbvampir, schon vergessen? Dein Blut ist besonders; es sorgt für eine schnellere Wundheilung."

Zögernd streckte Dana die Hand aus und berührte mit den Fingerspitzen ungläubig Francis nackte Haut. Sofort kroch eine Gänsehaut über seinen Oberkörper.

„Wie warm deine Hände sind", sagte er rau.

114

„Soll ich aufhören?"

„Nein. Ich will sie überall spüren."

Er ließ sich auf den Rücken sinken und zog Dana mit sich.

„Sag mir wo ich anfangen soll", sagte sie rau. Wie seine Augen leuchteten! Sie hatte das Gefühl, in diesem Blau zu versinken und nie wieder aufzutauchen. Er lächelte.

„Wo du willst."

Danas Blick fiel auf Francis alabasterweißen Hals, den seine Haare freigaben. In dessen Mitte lag ein leicht lilafarbenes Bissmal. Ihre Hand berührte leicht sein Gesicht, strich weiter hinunter, und als sie sein Bissmal erreichte, zog er scharf die Luft ein. Dann schloss er die Augen und genoss Danas Berührung. Ihre Hand wurde mutiger und strich weiter hinunter, über seinen Oberkörper bis zu seinem Hosenbund. Sie öffnete den Jeansknopf und ihre Hand glitt unter den schweren Jeansstoff und den Slip. Sein bestes Stück war schon groß und hart, und als Danas Hand es umschloss, versteifte es sich weiter und Francis entwich ein tiefes, kehliges Stöhnen. Als Danas Griff jedoch fester wurde, hielt er auf einmal ihre Hand fest.

„Was ist? Gefällt dir das nicht?", fragte sie unsicher. Er lächelte. „Doch. Aber wenn du jetzt weitermachst, omme ich sofort. Ich will, dass du auch etwas davon hast."

Er schob sie sanft von seinem Körper und legte sie auf den Rücken. Seine Hand schlüpfte unter ihren Rücken, öffnete den Verschluss des BHs und zog ihn aus.

„Du bist so schön, Dana", sagte Francis heiser, und seine Blicke glitten voller Verlangen über ihren nackten Körper. Dann strich seine Hand über ihre Wange und ihren Hals, streifte ihr Dekolleté und umfasste ihre rechte Brust, deren Brustwarze sich sofort steil aufrichtete. Heiß strichen seine Lippen über Danas Dekolleté, und als sie ihre Brust erreichten, entfuhr ihr ein tiefes Stöhnen. Seine Hand strich weiter hinunter und glitt unter ihren Slip. Seine Fingerspitzen strichen über ihren Unterleib und drangen ein in die feuchten Tiefen ihres Schoßes. Er hielt nur kurz inne, um sie und sich selbst von den letzten Kleidungsstücken zu befreien. Seine Augen leuchteten Dana tiefblau und mit solcher Sinnlichkeit entgegen, dass es ihr heiß und kalt wurde. Dann trafen sich ihre Lippen wieder zu einem heißen, hungrigen Kuss. Er schob ihre Beine weit auseinander und drang schnell und leicht in ihren Schoss ein, der vor Lust schon feucht und schwer war. Dana schlang ihre Beine fest um Francis Körper und schloss die Augen, um ihn noch tiefer spüren zu können. Noch zwei, drei Stöße, dann kam die erste Welle, die so heftig über Dana hinweg rollte, dass ihr fast die Tränen kamen.

„Oh, Francis, ich liebe dich so sehr", entfuhr es ihr, und sie öffnete wieder die Augen.

Dana begegnete ein so entrückter, sinnlicher Blick, dass gleich die nächste Welle durch ihren Körper schoss. Sekunden später hörte sie sein Stöhnen in ihrem Ohr und spürte seinen Höhepunkt in sich hineinfließen. Schwer sank Francis Körper auf Danas. Er glitt noch nicht aus ihr heraus, sondern blieb einfach auf ihrem Körper liegen. Seine Stirn lag an ihrem Hals, und sein heißer, stoßweiser Atem kitzelte ihre Brust. Nach einer wunderbaren Ewigkeit, in der sie sich wie eins fühlten und schweigend diesen Zustand genossen, hob Francis den Kopf und glitt aus ihr. Er legte sich auf die Seite, stützte den Kopf in eine Hand und strich mit der anderen Danas wirre Haare zur Seite.

„Das war sehr schön" sagte er leise und schickte ihr ein Lächeln zum Niederknien.

Sanft streichelte seine Hand ihre Wange. Dana hielt sie fest und küsste deren Innenfläche. „Können wir das wiederholen?" Francis lächelte und drückte einen zarten Kuss auf Danas Lippen.

„So oft du willst. Von mir aus bis zum Morgengrauen."

Kapitel 6

„Dana, wach auf!", schreckte Francis Stimme Dana aus ihren Träumen und sie fand sich wieder im Taxi neben Francis.

Vor zwei Stunden hatten sie das Haus ihres Vaters verlassen, und kaum hatte sie im Auto gesessen, war sie auch schon eingeschlafen. Viel geschlafen hatte sie letzte Nacht nicht, immer wieder hatte er sie geweckt und sie hatten sich geliebt. Und jedes Mal war so schön gewesen, dass noch jetzt ein wohliger Schauer über ihren Rücken glitt, als sie sich daran erinnerte. Sie streckte sich und gähnte.

„Sind wir schon da?"

„Nein."

„Warum hast du mich dann geweckt?"

Francis lächelte.

„Ich wollte dir noch ein wenig Zeit geben, richtig wach zu werden. Wir haben nur noch eine halbe Stunde Weg vor uns. War verdammt schwer, dich zu wecken."

„Du hast mich ja auch ganz schön rangenommen heute Nacht." „Hätte ich es lieber bleiben lassen sollen?", fragte er unschuldig.

„Auf keinen Fall. Aber du scheinst nicht müde zu sein."

„Aber wirklich echt fühle ich mich nicht", antwortete er.

Jetzt erst sah Dana, wie blass er war. Nun ja, Vampire sahen wohl immer etwas kränklich aus, aber das war schon mehr als kränklich.

„Ich habe das Gefühl, dass in meinem Inneren bald eine Bombe hochgeht."

Besorgt runzelte Dana die Stirn.

„Zweite Verwandlung?"

„Ich habe keine Ahnung. Vielleicht kann ja Lilith mir sagen, was mit mir passiert."

Sie versanken wieder in Schweigen. Kurze Zeit später hielt Francis neben ein paar riesigen alten Bäumen an.

„Das letzte Stück müssen wir zu Fuß gehen", sagte Francis, und sie stiegen aus.

Frischer, würziger Waldduft umfing Dana. Neugierig sah sie sich um. Ein paar Meter weiter hörte die Straße unvermittelt auf und an deren Stelle standen dort riesige alte Bäume, deren grüne Kronen sich sanft im leichten Wind wiegten. Francis nahm ihre Hand, und sie gingen in Richtung Wald. Schon sehr bald schluckte der weiche Waldboden ihre Schritte, die großen, alten Bäume rauschten sanft im leichten Wind, und man hörte unsichtbare Vögel singen. Kurz darauf kamen sie an eine Lichtung, wo ein großes Gebäude stand. Es sah aus wie ein altgriechischer Tempel. Große, dicke Säulen trugen das Haus, dessen Weiß sich stark vom grünen Wald absetzte. Eine große Freitreppe führte dorthin. Davor war eine Statue zu sehen. Es war ein liegender Drache, der so lebensecht aussah, dass Dana der Atem stockte. Sein Hals war lang wie ein Schlangenleib, auf ihm saß ein länglicher, aber zierlicher Kopf. Seine Augen waren geschlossen. Aus seinem kräftigen Körper, dessen Schuppen in sämtlichen Grüntönen schillerten, wuchsen am Rücken zwei hautbespannte Flügel heraus, die jedoch entspannt am Körper lagen.

Kräftige Beine mit großen Klauen an den Füssen vervollständigten den mächtigen Körper. Auf einmal öffneten sich die Augen, und Dana schreckte zurück. Ein aufmerksamer Blick aus gelblichen Reptilienaugen traf Dana und Francis, und in ihnen schien die Weisheit der ganzen Welt zu stehen. Aber so faszinierend dieser Drache auch war, so furchterregend wirkte er gleichzeitig. Zumal, wenn man noch nie einen wirklichen Drachen gesehen hatte.

„Mein Gott, der ist ja echt", entfuhr es Dana. „Was hast du denn geglaubt? Es ist Dragan, Liliths Gefährte."

„Sie hat einen Drachen als Gefährten?"

Francis nickte und wandte sich dem Drachen zu.

„Ich grüße dich, Dragan."

„Sei gegrüßt, Francis" antwortete der Drache mit einer dunklen, sanften Reibeisen-Stimme, die so gar nicht zu seinem furchterregenden Äußeren passen wollte. „Was führt dich und deine ängstliche kleine Freundin hierher?"

Dana zuckte zusammen, als sie den amüsierten Ton in Dragans Stimme hörte.

Francis lächelte. „Wir wollen zu den Gepfählten."

Der Drache richtete sich auf und kam auf Dana zu. Erschrocken trat sie einen Schritt zurück. „Bleib stehen, Kind", sagte Dragan, und seine Stimme klang so bestimmt, dass sie sofort gehorchte.

„Sie hat noch nie einen Drachen gesehen, Dragan", warf Francis begütigend ein.

Der Drache blieb vor Dana stehen, senkte den Kopf und berührte mit ihm leicht Danas Wange.

Warme, trockene Schuppen streiften ihre Haut.

„Du musst keine Angst haben, Kleines", sagte er leise, so wie man zu einem ängstlichen Kind spricht. Seine goldenen Reptilienaugen maßen Dana so durchdringend, dass sie glaubte, dieser goldene Blick würde auch den letzten Winkel ihrer Seele beleuchten, aber er war auch so warm, dass ihre Ängste sofort dahin schmolzen.

„Du willst Daniel erwecken."

Erstaunt blickte Dana Dragan an.

„Woher weißt du...?", fragte sie heiser.

Raues Lachen drang aus dem Brustkorb des Drachen.

„Ich sehe deine Gedanken, Dana. Und ich spüre deine Liebe zu ihm und auch deine Angst. Nun kommt, seid unsere Gäste."

Er wandte sich um und ging ihnen voran die Freitreppe hinauf. Doch kaum hatten sie die Treppe erklommen fing Dragan an, sich zu verwandeln. Er schien immer mehr zu schrumpfen, und je mehr er schrumpfte, desto menschlicher wurde er. Die hellen Schuppen wurden zu menschlicher Haut, die noch leicht grünlich schimmerte und die grünen Schuppen zu einer Toga, sein Gesicht bekam feinere, menschliche Züge, lediglich seine Augen blieben golden wie Reptilienaugen. Genauso golden leuchtete sein Haar, das ihm sanft auf die Schultern fiel. Dana konnte kaum glauben, was sie da sah.

„Aber wie ist das möglich?", murmelte sie überrascht.

Dragan lächelte. „Gewöhnlich können Drachen sich nur einmal im Jahr in Menschen verwandeln, aber Lilith hat dafür gesorgt, dass ich in ihrem Haus immer ein Mensch bin. Folgt mir, ich bringe euch zu Lilith."

Sie folgten Dragan, und Dana konnte sich gar nicht satt sehen. Auch im Inneren des Hauses sah es aus wie in einem griechischen Tempel. Stämmige, weiße Säulen ragten nach oben und trugen das Dach. Der Boden war ausgelegt mit schwarz-goldenen Platten, die einen interessanten Kontrast abgaben zu den weißen Säulen und Wänden. Die ganze Halle wurde gesäumt mit Statuen von Menschen, Satyrn, Zentauren und anderen Wesen dieses Landes. Dragan bog nach links ab und öffnete die erste Tür auf dem Gang. Der große Raum war fast leer bis auf ein Stehpult, vor dem eine Frau stand und etwas in ein dickes Buch schrieb. Durch die großen Fenster war es luftig und hell in dem Raum. Weiter hinten konnte Dana eine Sitzgelegenheit erkennen, vor der ein Tisch stand, auf dem eine Schale Obst angerichtet war.

„Lilith, ich bringe neue Besucher."

Die Frau blickte auf, und Dana stockte der Atem. Noch nie hatte sie einen so schönen Menschen gesehen. Liliths Haar war tiefschwarz und fiel glatt bis über ihre Schultern, und ihre Augen waren grün, so grün wie der Wald, in dem sie lebte und ließen ihre Haut wie Elfenbein erscheinen. Ein Lächeln glitt über die vollen Lippen, als sie Dana und Francis sah. Sie kam auf sie zu und umarmte Francis.

„Wie schön, dass du uns besuchst, Francis."

Sie ließ Francis los und wandte sich Dana zu.

„Du willst zu deinem Vater, Dana?"

Dana konnte nur noch überrascht nicken. Konnten denn alle hier ihre Gedanken lesen?

„Wir können es, aber meist nutzen wir diese Gabe nur bei den Gepfählten, weil diese sich nur noch auf diese Weise verständlich machen können. Dein Vater hat mir viel von dir erzählt, Dana. Komm mit mir, ich bringe dich zu ihm."

Dana warf Francis einen Blick zu.

„Kommst du mit, Francis?", fragte sie rau.

„Natürlich."

Er nahm ihre Hand, und sie folgten Lilith. Sie folgten dem Flur bis an sein Ende. Dort war eine Treppe, die in den unteren Teil des Gebäudes führte. Sie gingen einen mit Fackeln beleuchteten Gang entlang, bis Lilith vor einer der vielen Türen stehen blieb. Sie öffnete die Tür, und sie traten ein. Das Zimmer war leer, bis auf ein schmales Bett in der Mitte des Raumes, neben dem ein kleiner Tisch stand. Das Tageslicht drang durch den Spalt zwischen den blauen Vorhängen, legte einen bläulichen Schimmer auf die steinernen Wände und fiel auf das Bett. Danas Blick schweifte über das Bett und blieb an dem Mann hängen, der dort lag. Sein Gesicht war weiß wie Alabaster und wurde von dunklem Haar umrahmt, das weit über seine Schultern wuchs. Seine geschwungenen Augenbrauen und die langen Wimpern seiner geschlossenen Augen waren genau so dunkel. Aus seinem Herzen ragte ein langer Holzpflock.

„Papa!", rief Dana aus.

Sie wandte den Blick ab, weil es so irrsinnig wehtat, ihren Vater so zu sehen. Sie lehnte den Kopf an Francis Schulter und schloss die Augen, aber dieses Bild blieb vor ihrem inneren Auge.

„Geh schon Dana, zieh ihm den Pflock aus der Brust", sagte Francis sanft.

Dana blickte auf.

„Geh, Dana", forderte Lilith sie auf.

Dana seufzte und ging zögernd auf das Bett zu. Sie musste heftig schlucken, als sie neben dem Bett stand und ihren Vater dort so still liegen sah. Verzweifelt blickte sie auf, aber in dem Raum war niemand mehr zu sehen.

Dragan kam mit einem Becher in der Hand herein.

„Wo... ist Francis?", fragte Dana heiser.

Dragan trat neben sie und stellte den Becher auf den Tisch neben dem Bett.

„Lilith wollte mit ihm sprechen" antwortete er, und sein goldener Blick zeigte Dana deutlich, dass er nicht mehr zu erklären wünschte.

„Hier in diesem Becher ist frisches Blut. Daniel wird es brauchen, wenn er erwacht. Ich lasse dich jetzt alleine mit ihm."

Er warf Dana noch einen ermutigenden Blick zu und verließ den Raum. Dana seufzte schwer auf und setzte sich an die Bettkante. Ihre Hand zitterte, als sie den Pflock umfasste.

„Drück mir die Daumen, dass das klappt, Papa", sagte sie leise. Ihr Griff festigte sich, und sie konnte den Pflock ohne Mühe aus seiner Brust ziehen. Durch diese Bewegung rutschte eine lange Haarsträhne über sein Gesicht und störte seine perfekte Schönheit. Vorsichtig schob Dana die Strähne wieder auf das Kissen. Es dauerte nur einen Augenblick, bis seine Augenlider anfingen, sich zu bewegen. Seine Augen öffneten sich und blickten Dana direkt und äußerst lebendig an; sie leuchteten wie frischer Honig. Er richtete sich so plötzlich auf, dass Dana erschrocken aufsprang. Sein Mund öffnete sich und zwei beängstigend lange Fangzähne schossen aus seinem Oberkiefer. Ängstlich wich Dana zurück, als er aufstand und einen Schritt nach vorne machte.

„Nein, Papa, tu es nicht!", rief sie panisch aus. Er blieb stehen und sah sie verwirrt an. Dann auf einmal wurden seine Augen klar und das Erkennen trat in seinen Blick.

„Dana, bist du es wirklich?", fragte er heiser.

„Ja, ich bin es, Papa", antwortete Dana mit zittriger Stimme. Und dann gab es kein Halten mehr. In einem Satz war sie bei ihm und flog in seine Arme.

„Oh, Papa, ich habe dich so vermisst!", schluchzte sie an seiner Schulter. Sanft legten sich seine Arme um sie und seine Hände strichen leicht über ihren Rücken.

„Du hast mir auch gefehlt, Dana", sagte er leise und in seiner Stimme lag ein Zittern, das Dana aufblicken ließ und als sie die Tränen in seinen Augen sah, musste sie wieder weinen. Daniel nahm ihr Gesicht in seine Hände und streichelte sanft die Tränen aus ihren Augen, so wie früher, als sie noch ein kleines Mädchen gewesen war.

„Ich kann kaum glauben, dass so viel Zeit vergangen ist. Wie hübsch du geworden bist, Dana." Sanft küsste er ihre Stirn und drückte sie fest an sich. Doch sehr bald spürte Dana eine gewisse Unruhe bei ihrem Vater. Sie sah auf. Seine Augen hatten sich gelblich verfärbt und das Atmen fiel ihm schwer.

„Komm, setz dich hin, Papa, du brauchst noch das Blut."

Erschöpft ließ er sich auf das Bett fallen. Dana holte den Becher und drückte ihn ihrem Vater in die Hand. Er setzte ihn an die Lippen und leerte ihn in einem Zug.

„Das hat gut getan. Jetzt spüre ich das Leben wieder in meinen Körper zurückkehren. Erzähl mir, wie es euch ergangen ist."

Er stellte den Becher auf dem Boden ab und Dana setzte sich zu ihm.

„Nicht so gut, Papa" sagte sie leise und als sie an die vergangenen Jahre ohne ihren Vater dachte, stiegen wieder Tränen in ihre Augen.

Er nahm ihre Hand in seine.

„Erzähle es mir, Dana."

Sie drückte fest seine Hand, als könne er sich im nächsten Moment wieder in einen Traum auflösen und begann, stockend zuerst und dann immer sicherer werdend zu erzählen. Wie verzweifelt sie nach ihm gesucht hatten, wie sie jedes Jahr gehofft hatten, er würde endlich zurückkehren und in was für ein tiefes Loch Dana gefallen war, als man bei ihrer Mutter Leukämie diagnostiziert hatte.

„Und vor ein paar Wochen ist Francis einfach so mir nichts dir nichts wieder aufgetaucht und von ihm habe ich erfahren, dass du hier bist. Oh mein Gott, Papa, ich bin so froh, dass ich dich wieder habe." sagte sie leise und ließ seine Hand los, um sich die Tränen aus den Augen zu wischen. Daniel legte den Arm um sie und sie lehnte ihren Kopf an seine Schulter. „Du warst sehr mutig, Dana. Ich bin stolz auf dich" antwortete er und drückte sie fest an sich.

126

„Lass uns aufbrechen. Mama braucht uns."

Dana nickte. „Ich hoffe, sie hat durchgehalten. Sie hat mir versprochen, dass sie nicht stirbt, bevor du kommst."

Daniel lächelte und strich Dana leicht übers Haar, wie damals, als sie noch ein kleines Kind gewesen war.

„Du kannst dich darauf verlassen, dass sie sich an dieses Versprechen hält. Sie kann verdammt dickköpfig sein."

Sie erhoben sich vom Bett und verließen den Raum. Am Ende des Flures sah Dana Francis mit Lilith und Dragan stehen und sich unterhalten. Sie sahen auf, als sie ihre Schritte hörten.

„Ich grüße dich, Daniel", sagte Lilith.

„Ich grüße dich, Lilith und ich danke dir, dass du mich aufgenommen hast" antwortete Daniel. Lilith ergriff seine Hand.

„Schön, dass es gelungen ist, dich wieder zu erwecken."

Daniel ließ Liliths Hand los und ging zu Francis, um ihn freundschaftlich zu umarmen.

„Danke, dass du Dana hierher gebracht hast."

„Nichts zu danken", antwortete dieser. Dana warf ihm einen Seitenblick zu. Irgendetwas stimmte mit Francis nicht. Seine Augen waren so blau wie immer, aber in ihnen stand eine Schwermut, die Dana so gar nicht kannte.

„Wir müssen gehen, Dana", schreckte die Stimme ihres Vaters Dana auf. „Warte noch, Daniel. Ich will mit Dana sprechen", warf Francis ein.

„Nur zu."

„Aber allein."

Lilith öffnete eine Tür im Flur.

„Geht in dein Zimmer, Francis. Dort seid ihr ungestört."

Francis nahm Danas Hand in seine und führte sie in den Raum.

„Dein Zimmer?", fragte Dana verstört, als die Tür sich hinter ihnen schloss.

Francis stieß einen tiefen Seufzer aus. „Ja, mein Zimmer. Ich werde nicht mit dir kommen, ich muss hier bleiben."

„Du… musst hierbleiben?", echote Dana, und in ihrem Inneren machte sich ein sehr unbehagliches Gefühl breit.

Francis nickte. „Die zweite Verwandlung beginnt schon. Ich darf das Elysion nicht verlassen, bis diese Verwandlung abgeschlossen ist."

Als Dana zu ihm aufsah, erschrak sie darüber, wie müde und blass er aussah.

„Oh Francis, ich hoffe so sehr, dass das gut ausgeht", sagte sie leise. Unsicher streckte sie die Hand aus und strich sanft sein Haar zurück. Er nahm ihre Hand und drückte einen leichten Kuss auf ihre Handfläche.

„Wenn nicht, dann sollst du wissen, dass diese Zeit mit dir die Schönste in diesem elenden Vampirleben war. Du hast dafür gesorgt, dass ich mich wieder wie ein Mensch fühlen konnte und nicht wie ein Wesen, vor dem jedermann Angst hat."

Er legte die Hände um Danas Taille und drückte sie so eng an seinen Körper, dass sie fast keine Luft mehr bekam.

„Ich liebe dich, Dana", klang seine Stimme rau und dunkel an Danas Ohr.

Sie hob den Kopf. Die Tränen in ihren Augen ließen Francis Gesicht verschwimmen. Sie konnte nur noch seine Augen erkennen, sie schimmerten so blau und es stand so viel Liebe in ihnen, dass es Dana den Hals zuschnürte. Sie schluckte.

„Ich liebe dich auch Francis, so sehr, dass es echt wehtut."

Verdammt, jetzt zitterte ihre Stimme so sehr, dass sie nicht mehr weiter sprechen konnte.

„Nur noch ein Kuss, Dana, dann musst du gehen."

Er nahm ihr Gesicht in seine Hände und küsste sanft Danas Stirn, ihre Wange und ihre Lippen. Dana schmiegte sich eng an ihn und hielt ihn fest, so lange, bis er sanft ihre Hände von seiner Taille löste.

„Francis, was... wird mit dir passieren?", fragte sie voller Angst.

„Ich werde in einen tiefen Schlaf fallen, und wenn ich Glück habe, wache ich irgendwann auf. Aber in der Zeit werde ich von dir träumen, von deinen Augen, von deinen süßen Lippen und von deiner warmen Haut."

„Das wirst du alles für dich haben, Francis, wenn du erwachst."

Francis lächelte und strich sanft mit der Hand über ihre Wange.

„Dann kann es nur noch gut gehen. Geh jetzt, Dana, ihr müsst deiner Mutter helfen."

Dana nickte.

„Ich vermisse dich jetzt schon."

Francis lächelte und strich sanft die Tränen aus Danas Augen.

„Ich auch. Hab Geduld und vergiss mich nicht ganz."

„Das könnte ich nicht, selbst wenn ich es wollte."

Es fiel Dana unendlich schwer, sich umzudrehen und zu gehen, aber jeder Augenblick, den sie noch blieb, würde es viel schwerer machen, ihn zu verlassen.

„Dana, was ist mit dir? Du siehst ganz verstört aus", fragte Daniel besorgt, als Dana allein aus dem Zimmer trat.

„Ich kann jetzt nicht darüber reden, Papa. Ich... werde dir das später erzählen, okay?" „Natürlich, ist in Ordnung. Lass uns gehen."

„Gut. Dragan wird mit euch gehen und euch ein Portal in Eure Welt öffnen."

Sie wandten sich zum Gehen, doch auf einmal blieb Dana stehen und drehte sich noch einmal um.

„Lilith, ich...", fing sie an.

Lilith lächelte und kam auf sie zu.

„Wir werden gut Acht geben auf Francis, mein Kind, das verspreche ich dir", sagte sie sanft, gab Dana eine tröstende Umarmung und drückte ihr einen mütterlichen Kuss auf die Stirn.

„Geht jetzt, deine Mutter braucht Hilfe."

Dana nickte und folgte rasch ihrem Vater und Dragan. Sie blieben auf der Treppe vor dem Haus stehen, Dragan murmelte ein paar Sätze, und nach kurzer Zeit erschien ein erleuchtetes Viereck mitten im Wald. Innerhalb dieses Viereckes konnte Dana das Krankenhaus ihres Ortes erkennen.

„Ich danke dir, Dragan", sagte Daniel.

„Ich auch", fügte Dana hinzu.

Dragan lächelte.

„Ihr müsst euch beeilen, das Portal ist nicht lange offen."

Daniel nickte ihm noch einmal zu, nahm Dana an der Hand und sie gingen auf das Portal zu. Kaum standen sie davor, erfasste sie ein starker Sog und sie wurden in ihre Welt gezogen.

Erstaunt stellte Dana fest, dass sie direkt auf dem Parkplatz vor dem Krankenhaus landeten.

„Mal sehen, ob Mama noch im Krankenhaus ist", sagte Dana und blickte nachdenklich auf das Gebäude.

„Geh hinein und frag nach. Ich werde mal ein paar Spritzen besorgen."

„Du…willst nicht wirklich welche stehlen?", fragte sie entsetzt.

„Fällt dir etwas Besseres ein?"

„N-nein. Aber du kannst doch nicht dort einbrechen."

Daniel lächelte und berührte beruhigend Danas Wange.

„Ich komme überall hinein, ohne Spuren zu hinterlassen, mein Schatz. Zwei Spritzen werden das Krankenhaus nicht arm machen."

„So kenne ich dich gar nicht, Papa."

„Der Zweck heiligt die Mittel. Los, geh hinein, wir sehen uns wieder vor dem Eingang."

Sie gingen noch gemeinsam bis zum Eingang, dann bog Daniel rechts ab und Dana ging durch die elektrische Schiebetür ins Krankenhaus.

„Frau Meining wurde vorgestern entlassen", sagte der Mann an der Rezeption.

„Gut, vielen Dank."

Als Dana wieder aus dem Haus trat, saß ihr Vater draußen auf einer der Bänke und wartete auf sie.

„Du warst ziemlich schnell."

Er stand auf. „Wir wollen ja auch schnell bei deiner Mutter sein. Lass uns gehen."

Lange gingen sie schweigend nebeneinander her. Immer wieder kreisten Danas Gedanken um Francis. Hoffentlich überstand er diese Verwandlung. Dana hatte ein brüllend schlechtes Gewissen gegenüber ihrer Mutter, weil sie nur an Francis denken konnte. Sie musste sich doch endlich freuen, dass sie ihren Vater befreit hatte und dass ihre Mutter bald wieder gesund würde, aber die Angst blieb. Immer wieder sah sie seine Augen vor sich, die sie so voller Liebe angesehen hatten, aber in seinem Blick stand ebenso die Schwermut und Angst. Tränen liefen Dana über die Wangen, ohne dass sie es merkte.

„Dana, wo bleibst du?", schreckte die mahnende Stimme ihres Vaters sie auf.

Sie sah auf und bemerkte jetzt erst, dass sie weit hinter Daniel zurückgefallen war.

„Ich… komme ja schon."

Hektisch wischte Dana sich die Tränen aus den Augen, als sie ihn erreicht hatte.

„Was ist mit dir, Dana?", fragte er und sandte ihr einen besorgten Blick.

„Nichts. Lass uns schnell zu Mama gehen."

„Nein. Wir werden erst weiter gehen, wenn du mir gesagt hast, was dich bedrückt."

„Aber Mama braucht uns."

„Mama kann noch ein wenig warten. Komm, wir setzen uns dort auf die Bank und du sagst mir, was du hast."

Sie setzten sich auf die Bank. Erwartungsvoll sah Daniel sie an.

„Also, was ist?"

Ein schwerer Seufzer entfuhr Dana.

„Ich habe Angst um Francis."

Erstaunt schossen Daniels Augenbrauen nach oben.

„Um Francis?"

„Er musste im Elysion bleiben."

„Im Elysion? Warum?"

„Die zweite Verwandlung hat bei ihm eingesetzt und Lilith wollte ihn unbedingt dort behalten."

„Das war eine weise Entscheidung."

Er lächelte und strich Dana leicht über die Wange.

„Wer hätte das gedacht, dass gerade du ihm seinen sehnlichsten Wunsch erfüllen würdest. Nun ja, eigentlich ist das nicht verwunderlich. Er hat dich schon als sehr kleines Kind gemocht."

„Ja, und wenn er nicht gewesen wäre, wäre ich keine neun Jahre alt geworden."

Erneut runzelte Daniel erstaunt die Stirn.

Dana seufzte. „Ja, ich habe dich gesucht wie verrückt. Ich wollte dich finden, damit Mama nicht mehr so traurig ist. Und dann bin ich diesem Strigoi direkt in die Arme gelaufen. Francis hat mich gerettet. Und dann habe ich ihn ewig nicht mehr gesehen. Bis er vor ein paar Wochen ein Konzert in meinem Stamm-Club gegeben hat."

„Und da war es um dich geschehen."

Dana errötete heftig.

Zum Glück war es dunkel.

„Ja", gab sie zu. „Wir haben den Bluttausch gemacht und..." Mit heißen Wangen brach sie ab.

Daniel lächelte. „Ich weiß, was noch dazu gehört."

„Ich habe solche Angst, ihn zu verlieren."

„So sehr liebst du ihn?"

Dana konnte nur noch nicken. Wieder stürzten die Tränen aus ihren Augen.

Daniel legte den Arm um sie und zog sie an sich.

„Dann höre nicht auf zu hoffen. Du musst alle deine Gedanken darauf konzentrieren, auf die Hoffnung, und ihm diese Gedanken schicken und deine Liebe. Wenn du nicht aufhörst zu hoffen und ihn zu lieben, könnte es doch sein, dass sein Körper und seine Seele beisammen bleiben" sagte er leise und drückte Dana einen leichten Kuss auf ihr Haar.

„Und wenn nicht?"

„Dann hast du ihm die schönste Zeit in seinem Vampirleben gegeben. Und wie es aussieht, hat er das auch mit dir getan. Das kann euch niemand nehmen, Dana. Aber wenn du ihn deine Liebe spüren lässt durch deine Gedanken, dann bin ich sicher, dass er diese Verwandlung gut überstehen wird."

„Ihn aufgeben kommt nicht in Frage. Danke, dass du mir zugehört hast, Papa. Es hat gut getan, mit dir darüber zu sprechen. Komm, lass uns jetzt zu Mama gehen."

***

„Elendes Mistprogramm!", schimpfte Helena und warf wütend die Fernbedienung auf den Tisch.

Vorgestern hatte man sie überraschend aus dem Krankenhaus entlassen. Anita hatte sie abgeholt und nach Hause gebracht. Eigentlich hatte Helena gehofft, dass Dana sie abholen würde, aber sie war noch immer im Schattenreich. Langsam machte sie sich Sorgen. Dana war schon eine Woche dort, und obwohl Francis sie vor ein paar Tagen besucht und ihr versichert hatte, er würde gut auf Dana aufpassen, fühlte sie sich nicht besser. Auch die Nachricht, dass man sie für austherapiert hielt, was wohl heißen sollte, dass die Ärzte sie aufgegeben hatten, erhellte ihre Stimmung auch nicht gerade. Aber wenigstens war sie wieder zu Hause, sie musste keine Medikamente mehr nehmen, sie musste nur noch auf Dana warten. Ob sie es schaffte, Daniel zu erwecken? Sie seufzte. Ja, sie hoffte so sehr, dass Dana ihn mitbrachte. Verdammt, wieder wollten Tränen in ihre Augen steigen. Stur blickte sie in Richtung Bücherregal, damit die Tränen nicht kamen. Ihr Blick fiel auf die zweite Abteilung des Regals. Dort standen Daniels Bücher. Seit einer Ewigkeit schon hatte sie sie nicht mehr angerührt, aber auf einmal überfiel sie ein heftiger Drang, in ihnen zu lesen. Sie schälte sich aus der Wolldecke, ging ans Regal und holte das erste Buch aus der Reihe heraus.

„Helena", klang eine dunkle Stimme wie von weit her an Helenas Ohr.

Verwirrt öffnete sie die Augen und blickte direkt in zwei leuchtende, honigfarbene Augen. War das Dana? Aber sie hatte keine so tiefe Stimme. Sie schärfte ihren Blick, und aus der Dunkelheit schälte sich das Bild eines Mannes.

Daniel.

„Was für ein schöner Traum", seufzte sie, streckte die Hand aus und berührte sanft sein Gesicht, in der Erwartung, dass es sich als Traumbild entpuppte und verschwamm. Aber es fühlte sich seltsam real an. War es jetzt soweit? Hatte sie schon Halluzinationen, kurz vor dem Tod? Jetzt lächelte Daniel.

„Ich bin kein Traum, Helena. Ich bin wirklich hier."

Helena schoss von dem Couchkissen hoch. Ungläubig schloss sie die Augen und öffnete sie wieder. Aber Daniel war noch immer da und schenkte ihr dieses Lächeln, das ihr so lange schmerzlich gefehlt hatte.

„Oh Daniel", konnte sie nur noch leise sagen, als die Tränen kamen.

Daniel zog sie in seine Arme und hielt sie so fest, dass ihre ausgelaugten Knochen schmerzten. Aber sie sagte nichts, viel zu sehr hatte sie es vermisst, in seinen Armen zu liegen. Er ließ sie los und nahm sanft ihr Gesicht in seine Hände. Wie sie zitterten! Aber er ließ sie nicht los. Er küsste sanft ihre Stirn, ihre Wangen und fand ihren Mund.

„Ich hätte nie gedacht, dass Dana es wirklich schafft, dich zurückzuholen."

Daniel küsste ihre Schläfe.

„Sie hat deinen starken Willen, Helena."

„Wo ist sie? Ist..." Er lächelte. „Sie ist hier. Aber sie war der Meinung, dass dieser Moment allein uns gehört. Es geht ihr gut. Aber dir nicht." Sorgenvoll lag sein Blick auf ihrem ausgemergelten Körper, ihrem totenblassen Gesicht.

„Nein. Hat Dana es dir gesagt?"

„Ja. Und ich werde schnell dafür sorgen, dass es dir bald besser geht, Helena."

Er ließ sie los und holte zwei Spritzen aus der Jackentasche. Dann setzte er die erste Spritze an seiner Armbeuge an und zog das Blut damit auf. Das Blut aus der Spritze füllte er in das leere Wasserglas, das auf dem Couchtisch stand. Diesen Vorgang wiederholte er so lange, bis das Glas fast voll war mit dunkelrotem Blut.

„Das musst du jetzt trinken, Helena. Es wird dir Kraft geben."

Er nahm das Glas und hielt es ihr hin. Sie nahm es, zögerte aber.

„Trink es, Helena, bevor es gerinnt."

Gehorsam öffnete Helena den Mund und nahm einen Schluck. So schlimm schmeckte es nicht, ein wenig metallisch und dickflüssig, aber es ließ sich trinken. Den Rest trank sie in einem Zug. Wie warm das war! Das Blut floss weich und warm ihre Kehle hinunter. Sofort breitete sich eine angenehme Wärme in ihrem ganzen Körper aus. Das Blut pulsierte heftig in ihren Adern, als würden sich ihre Zellen dreimal schneller teilen als üblich. Die Schwäche verschwand und machte einer ungeahnten Kraft Platz, die ihr beinahe den Atem nahm.

„Es sieht aus, als würde es dir schon besser gehen" sagte Daniel und lächelte.

Erleichterung stand in seinem bernsteinfarbenen Blick.

„Dank dir, Daniel", sagte Helena leise und berührte zögernd seine Hand. Sie fühlte sich noch immer warm und vertrauenerweckend an, so als wäre seit seinem Verschwinden überhaupt keine Zeit vergangen.

Kapitel 7

Ein vorwitziger Sonnenstrahl fiel durch den kleinen Spalt zwischen den grünen Vorhängen, stahl sich über den Teppich und fiel auf Francis Gesicht. Seine Augenlider waren noch so schwer, dass er kaum die Augen öffnen konnte. Aber der Sonnenstrahl ließ nicht locker, er kitzelte so lange sein Gesicht, bis seine Augen offen blieben. Schlaftrunken streckte er sich, wandte den Kopf um und zuckte zusammen. Auf der Bettkante saß Lilith, ihr langes, schwarzes Haar lag wie ein Mantel um ihre Schultern, und ihre Augen strahlten dunkelgrün. Sie trug eine grüne Toga, die ihre Augen noch mehr zum Leuchten brachte.

„Ich grüße dich, Francis", klang ihre Stimme dunkel und warm an sein Ohr.

Sie streckte die Hand aus und strich ihm sanft die Haare aus dem Gesicht wie einem Kind.

„Bringst du mich jetzt in die andere Welt, Lilith?", fragte er heiser.

Seine Stimme klang, als hätte er sie Ewigkeiten nicht mehr benutzt. Lilith lächelte. „Das kann ich nicht Francis, denn deine Seele hat deinen Körper nicht verlassen, sie sind noch immer eine Einheit."

Er richtete sich so unvermittelt auf, dass die Decke verrutschte. Verlegen stellte er fest, dass er gar nichts anhatte und zog die Decke schnell wieder über seine Hüften. Erleichterung schoss durch seinen Körper.

„Du hast die Verwandlung gut überstanden, Francis. Gibt es irgendetwas, das ich für dich tun kann?"

„Ich könnte ein Bad vertragen und ein gutes Frühstück", antwortete er.

Lilith lächelte. Dann schloss sie die Augen, und ein leiser Spruch glitt über ihre Lippen. Auf einmal sah Francis eine Tür in der Zimmerwand, die zuvor nicht da gewesen war.

„Geh durch diese Tür. In dem Raum kannst du dich erfrischen, und dort findest du auch deine Kleider. Und dann sei unser Gast zum Essen."

Lilith stand auf, schenkte Francis noch ein Lächeln und verließ den Raum.

Eine Gänsehaut kroch über seinen nackten Körper, als er sich aus den Decken schälte. Seltsam, so etwas hatte er zum letzten Mal vor zwei Jahrhunderten gespürt. Er beeilte sich, in den anderen Raum zu kommen. Dort sah es aus wie in einem römischen Bad. Es gab ein Becken, das bis zum Rand mit warmem Wasser gefüllt war. Warmer Wasserdampf stieg dort auf. Ein paar Meter weiter war ein Becken, das mit kaltem Wasser gefüllt war. Zwischen zwei imposanten Säulen stand eine weiße Bank, auf der seine Kleider lagen.

„Du hast an alles gedacht, Lilith", dachte er, und ein leichtes Lächeln stahl sich auf seine Lippen.

Langsam ging er die Treppe ins Becken hinab und genoss die Wärme, die seinen Körper durchströmte, sobald er untertauchte. Eine ganze Zeit lang blieb Francis in diesem Becken liegen und entspannte sich. Aber irgendwann musste er sich ja waschen. Suchend blickte er sich um, bis er am anderen Ende des Beckens zwei Schüsseln sah. Er bewegte sich dorthin und sah hinein. In einer Schüssel lag ein Stück Seife und der anderen wohl irgendetwas zum Haare waschen. Die Seife roch angenehm nach frischen Blüten, als er sich einseifte. Noch einmal tauchte er unter, um den Schaum von seinem Körper und seinem Haar herunter zu waschen. Dann stieg er aus dem warmen Becken und ging zu dem anderen Becken. Dieses war wesentlich größer als das Warmwasserbecken, und als er in dieses Becken stieg, zog sich jede einzelne Pore seiner Haut fröstelnd zusammen. Aber das kalte Wasser tat gut. Er zwang sich, weiter hinein zu gehen und unterzutauchen. Als Francis wieder auftauchte, fühlte er sich wie neu geboren. Er stieg aus und nahm ein großes Handtuch von der Bank, auf der auch seine Kleider lagen. Sorgfältig trocknete er sich ab und zog sich an. Als er die Tür zu seinem Zimmer öffnete, erwartete ihn eine Überraschung. Dies war nicht das Zimmer, in dem er die letzten Wochen oder gar Monate verbracht hatte. Dieses Zimmer war kein Schlafzimmer. An einem großen Tisch in dem lichtdurchfluteten Raum saßen Lilith und Dragan.

„Nun, wie fühlst du dich, Francis?", fragte Dragan.

Francis lächelte. „Wie neugeboren."

Der Tisch war reich gedeckt mit Obst, Brot und allen erdenklichen Leckereien.

„Dann stärke dich jetzt", forderte Lilith ihn auf. Das ließ er sich nicht zweimal sagen, und er schämte sich fast dafür, dass er so hungrig zugriff.

„Seltsam. Dutzende von Jahren habe ich kaum Appetit gehabt, und jetzt bin ich noch immer nicht satt", gab er verlegen zu.

Lilith lachte.

„Du bist jetzt kein Vampir mehr."

„Aber was bin ich dann? Ein Mensch?"

Dragan schüttelte den Kopf.

„Es gibt für einen Vampir keine vollständige Rückkehr zu dem, was er zuvor war. Du bist jetzt das, was deine kleine Freundin von Geburt an ist."

„Das heißt, ich bin ein Halb-Vampir?"

„Richtig. Du behältst deine vampirischen Kräfte, aber du bist sterblich", antwortete Lilith.

Auf einmal erfasste Francis eine seltsame Unruhe. Er hatte noch jede Menge zu erledigen.

„Ich werde jetzt gehen. Ich danke euch für eure Hilfe und eure Gastfreundschaft" sagte er entschlossen und stand auf.

Lilith und Dragan begleiteten ihn noch bis zum Ausgang ihres Tempels.

„Du bist immer willkommen, Francis", sagte Dragan und legte freundschaftlich die Hand auf Francis Schulter. Lilith umarmte diesen noch einmal herzlich, und dann war er entlassen. Langsam ging er die Treppe hinunter und durch den Wald.

Das Taxi stand noch immer dort, wo Francis es zurückgelassen hatte. Er zog die Jacke aus und wollte sie schon neben sich auf den Beifahrersitz legen, als er etwas auf dem Sitz blinken sah. Es war Danas Armband mit den honigfarbenen Steinen. Er warf die Jacke auf den Rücksitz und nahm es in die Hand. Leicht strich er mit den Fingern über die leuchtenden, honigfarbenen Steine. Auf einmal sah er wieder Danas Augen vor sich, diese großen, warmen Augen, und eine heftige Sehnsucht überfiel ihn, in diesen Augen zu versinken, endlich wieder ihre süßen Lippen zu kosten und ihre warme Haut unter seinen Händen zu fühlen.

„Hoffentlich hast du mich noch nicht vergessen, Dana", sagte er leise und steckte das Armband ein.

***

Bestürzt starrte Dana auf das Stäbchen mit dem Schwangerschaftstest. Die Farbe des Teststreifens zeigte an, dass dieser positiv war. Deshalb war es ihr in letzter Zeit auch so häufig schlecht gewesen, aber das hatte sie auf die Sorge um Francis geschoben. Die letzten drei Monate waren ihr vorgekommen wie drei Jahre, oder besser: wie drei Jahrhunderte. Ihr Vater war schon mehrmals im Schattenreich gewesen und hatte jeden gefragt, den er kannte, aber auch dort wusste niemand, was mit Francis geschehen war. Manchmal war sie nahe daran gewesen, selbst wieder ins Schattenreich zu gehen und Lilith persönlich zu fragen, aber ihr Vater hatte sie davon abgehalten. So war das einzige, was ihr blieb, die Hoffnung, dass alles gut gehen würde. Aber leicht war das nicht. Dana seufzte und verließ ihren Platz auf dem Badewannenrand. Was ihre Eltern wohl dazu sagen würden? Sagen musste sie es ihnen auf jeden Fall, denn lange würde sie das nicht verheimlichen können. Und das Baby nicht bekommen?

„Auf keinen Fall", dachte Dana. Wenn Francis es tatsächlich nicht schaffte, dann würde ihr Kind sie wenigstens immer an ihn erinnern. Sie legte das Stäbchen auf das Fensterbrett im Bad und ging hinaus. Ihr Vater saß am Tisch in der Küche und las in der Zeitung, ihre Mutter war noch nicht auf. Dana setzte sich ihm gegenüber hin. Sollte sie etwas frühstücken? Die frischen Brötchen im Körbchen auf dem Tisch rochen schon lecker. Egal, ob es ihr wieder schlecht würde, sie brauchte irgendetwas im Magen, bevor sie ihrem Vater die Neuigkeit mitteilte.

„Was ist mit dir los, Dana? Du hast ja gar keinen Appetit. Du wirst doch nicht krank werden?", schreckte die besorgte Stimme ihres Vaters sie auf.

Das Brötchen lag noch immer unangetastet auf ihrem Teller. Sie holte tief Luft.

„Nein, ich bin nicht krank. Ich habe gerade einen Schwangerschaftstest gemacht."

Überrascht runzelte Daniel die Stirn.

„Und?"

„Er ist positiv, antwortete sie leise. Und schon brannten die Tränen in ihren Augen.

„Das ist doch kein Grund zu weinen, Dana" sagte er, stand auf und setzte sich zu ihr.

„Aber ich muss mein Abi machen, und studieren wollte ich auch."

„Wenn du deine Prüfungen hast, bist du wahrscheinlich erst im vierten Monat. Da wird niemand sehen, dass du schwanger bist. Und studieren kannst du immer noch, wenn du das Kleine nicht mehr stillst."

„Du bist nicht sauer?", Daniel lachte und strich ihr sanft die Tränen aus den Augen, wie damals, als sie noch ein ganz kleines Mädchen war. „Wieso sollte ich? Ich kann doch eh nichts dagegen tun. Und du bist ohnehin durcheinander genug. Du willst es doch behalten?"

„Natürlich. Aber ein bisschen Angst habe ich schon."

„Das ist normal. Aber du wirst das schon schaffen."

Zweifelnd blickte Dana ihn an. „Glaubst du wirklich?"

„Klar. Und Mama und ich sind ja schließlich auch noch da."

„Na, dann kann ja nichts mehr schief gehen. Oh, ich hoffe nur, dass Francis endlich wieder auftaucht."

Daniel seufzte. „Das hoffe ich auch. Er würde sich bestimmt sehr freuen. Er liebt Kinder über alles."

„Ich werde aber erst einmal zum Frauenarzt gehen. Könnte ja sein, dass gerade dieses Stäbchen defekt war."

„Warum willst du zum Frauenarzt?"

Dana und Daniel drehten sich um. In der Tür stand Helena, noch im Morgenmantel. Verschlafen rieb sie sich die Augen, gähnte herzhaft und strich sich die roten Locken hinter die Ohren.

„Deine Tochter macht uns zu Großeltern, Helena", sagte Daniel. Wie konnte er nur so ruhig bleiben? Helenas grüne Augen wurden groß und rund vor Staunen.

„Wie bitte?"

Dana seufzte schwer. „Mein Schwangerschaftstest war positiv."

„Jetzt muss ich mich setzen. Deshalb war es dir also so oft übel."

***

Nachdenklich betrachtete Dana das Ultraschallbild, das die Frauenärztin ihr in die Hand gedrückt hatte, als sie vor der Tür der Praxis stand. Das Baby sah noch aus wie ein kleines Würmchen, und ein Geschlecht war noch nicht erkennbar, aber sie liebte dieses kleine Wesen schon jetzt wie verrückt.

„Jetzt fehlt nur noch Francis, dann bin ich endgültig glücklich", dachte sie seufzend, steckte das Bild in ihre Tasche und setzte sich in Bewegung.

Als Dana in ihre Straße einbog, stutzte sie. Am Straßenrand vor ihrem Haus stand ein Taxi, ein Mercedes-Modell, ungefähr aus den sechziger Jahren. Danas Herz begann, wie wild zu klopfen. Dieses Auto sah genauso aus wie Francis Taxi. Ihre Schritte wurden schneller, und die letzten Meter zum Taxi rannte sie schon. Sie warf einen Blick in das Innere des Autos, aber nichts darin verriet, ob es wirklich Francis gehörte. Sie schloss die Haustür auf und ging mit zitternden Knien die Treppe zur ihrer Wohnung hinauf. Schon auf dem zweiten Treppenabsatz hörte sie die Klaviermusik. Wer spielte hier Klavier? Danas Eltern waren heute Morgen übers Wochenende weggefahren. Sie konnten es nicht sein. Ihre Beine bewegten sich immer schneller, bis sie völlig außer Atem vor ihrer Wohnungstür zum Stehen kam. Jetzt konnte sie eine Melodie hören, ein Lied, das sie unter Tausenden erkannt hätte. Mit zitternden Fingern schloss sie die Tür auf. Dort im Wohnzimmer saß ein Mann am Klavier, sein schwarzes Haar fiel ihm über die Schultern.

„Francis!", rief Dana aus.

Er drehte sich um und stand langsam auf. Erstaunt stellte Dana fest, dass sein Gesicht eine gesunde, natürliche Farbe angenommen hatte, die ihm ausnehmend gut stand. Seine Augen leuchteten so blau, dass Danas Herz laut gegen ihre Brust schlug.

„Willst du ewig hier stehenbleiben?", fragte er amüsiert. Dana ließ ihre Schultasche fallen und flog in seine Arme. Er zog sie an sich, so eng, dass ihr die Luft wegblieb. Aber das war ihr egal.

„Oh Francis, ich habe geglaubt, ich sehe dich nie mehr wieder", sagte Dana leise und schluckte die Tränen herunter. Geweint hatte sie doch wirklich genug die letzten Monate.

„Du weißt doch, Totgesagte leben länger", sagte er sanft, aber in seiner Stimme lag ein ungewohntes Zittern.

Dana blickte auf und stellte überrascht fest, dass seine Augen feucht schimmerten. Und jetzt stahl sich noch eine Träne aus seinem Augenwinkel. Dana musste heftig schlucken und bekam den dicken Kloß in ihrem Hals doch nicht herunter.

„Nicht. Sonst fange ich auch noch an", sagte sie mit belegter Stimme, streckte die Hand aus und strich sanft über sein Gesicht.

„Dann tue etwas dagegen."

Das ließ sie sich nicht zweimal sagen. Sie schmiegte sich noch enger an ihn und drückte einen Kuss auf seine Lippen. Francis zog sie noch enger an sich und erwiderte ihren Kuss mit soviel Liebe und Leidenschaft, dass ihre Knie weich wurden. Viel zu lange hatte sie darauf warten müssen, viel zu lang waren diese Monate ohne Francis gewesen.

Entspannt sank Danas Kopf an seine Schulter, als sie wieder zu Atem kam. Es war so schön, endlich wieder seine Nähe zu spüren, seine Hände, die leicht über ihren Rücken strichen. Sie hätte ewig so da stehen können. Doch leider machte ihr Magen ihr einen Strich durch die Rechnung, denn er meldete wieder heftige Übelkeit.

„Ich – entschuldige, Francis, mir ist auf einmal so schlecht."

„Dana, ist alles in Ordnung?", klang Francis besorgte Stimme an ihr Ohr.

Sie schrak zusammen und fand sich im Bad wieder, angelehnt an das Waschbecken.

„Ich glaube, es geht wieder", antwortete sie zittrig.

Sanft strich Francis mit den Fingern ihr wirres Haar zurück.

„Du bist noch ganz blass. Komm, setz dich hin."

Mit wackligen Knien folgte sie Francis ins Wohnzimmer und ließ sich dort auf die Couch fallen. Francis ging in die Küche und kam kurz darauf mit einem Glas Wasser zurück. Sie trank es fast in einem Zug aus, damit sie den schrecklichen Geschmack aus dem Mund bekam. Francis setzte sich zu ihr, legte den Arm um sie und zog sie an sich. Sein schwerer Lilienduft umhüllte sie, und er war so beruhigend, dass das ungute Gefühl sehr chnell aus ihrem Körper verschwand. Sie setzte sich auf.

„Francis, ich muss dir etwas sagen", fing sie unsicher an.

„Du wirst mir doch nicht sagen wollen, dass du jetzt einen neuen Freund hast" antwortete er trocken und sandte ihr einen zweideutigen Blick zu.

Wie blau seine Augen blitzten!

„Nein. Francis, ich bekomme ein Baby. Von dir."

Seine Augen wurden groß und rund vor Überraschung.

„Du bekommst was?"

„Dein Kind", antwortete sie leise.

Das Erstaunen verschwand aus seinem Gesicht und machte einem so freudigen Ausdruck Platz, dass Danas Herz heftig gegen ihre Rippen boxte.

„Ist das wirklich wahr, Dana?"

Dana lächelte. „Ich komme gerade vom Frauenarzt."

Sie sprang auf und durchwühlte ihre Tasche. Dann kehrte sie zurück zur Couch und drückte Francis das Ultraschallbild in die Hand.

„Na, überzeugt?"

Lange betrachtete Francis das Bild. Dann legte er es auf die Seite und lächelte.

„Jetzt muss ich es ja glauben. Ich hätte es mir wirklich nicht träumen lassen, dass mir eine Frau noch einmal ein Kind schenkt. Ich hätte es mir auch nicht träumen lassen, jemals wieder ein menschliches Leben führen zu können. Aber du hast es möglich gemacht", sagte er leise. Und dann drückte er einen Kuss auf Danas Lippen, der keine Fragen mehr offen ließ.